Bert Lingnau

Singende Barsche

Lustige und bewegende Kriminalfälle
aus
Mecklenburg und Vorpommern

KLATSCHMOHN ·

Impressum
© KLATSCHMOHN Verlag Bentwisch/Rostock
Layout und Herstellung: KLATSCHMOHN Verlag,
Druck + Werbung GmbH & Co. KG
Illustrationen: Friederike Ablang, Berlin
1. Auflage 2022
ISBN 978-3-941064-89-8

Inhalt

ROSTOCK UND UMGEBUNG

VORPOMMERN

Alte Fischerboote in Klein Zicker auf Rügen

Vorwort

Seit November 2008 veröffentliche ich monatlich einen alten Kriminalfall im **kultur kalender** für Mecklenburg-Vorpommern, der im KLATSCHMOHN VERLAG erscheint. Jeden Monat ein authentisches Verbrechen, neue Spannung und hintergründige Unterhaltung. 2016 wurden 48 dieser Fälle erstmals in Buchform publiziert: »Rübe ab! Der kriminelle Reiseführer durch Mecklenburg und Vorpommern« ist seitdem ein Bestseller des KLATSCHMOHN VERLAGES.

»Singende Barsche« ist die Fortsetzung von »Rübe ab!« Wieder geht es um reale Kriminalfälle, die sich in Mecklenburg und Vorpommern zugetragen haben. Der neue Band kann ebenfalls als Reiseführer zu den Tatorten gelesen werden, Orientierung bietet wiederum eine ausklappbare Landkarte am Ende des Buches. Hier finden Sie alle Orte, an denen die Verbrechen geschahen.

Neu und anders ist jedoch, dass ich dieses Mal vor allem Lustiges und Verrücktes schildere. Von den 62 Fällen sind 44 mit Augenzwinkern und oft sogar schwarzem Humor geschrieben. Da streiten sich Kleinkriminelle um Gänse oder hauen sich im Trunke auf die Rübe, Polizeihunde spüren Weihnachtsbaumdiebe auf, und schlitzohrige Fischer verkaufen Meerforellen als Lachse. Sie werden Tränen lachen über die Kreativität der Ganoven. Einige der Übeltäter schließen Sie vielleicht sogar in Ihr Herz.
Daneben gibt es 18 ernste Geschichten, bei denen Fröhlichkeit unpassend und Scherze nicht angebracht sind. Die Spannung des Buches entsteht auch aus diesem Wechsel zwischen Heiterem und Traurigem. Zur Einordnung ist jeder Fall vorn mit einer Illustration versehen: Ein lachender roter Barsch kennzeichnet eine lustige Erzählung, ein

weinender schwarzer Barsch weist auf eine bewegende Geschichte hin.

So reisen Sie durch 850 Jahre voller Missetaten. Das älteste Verbrechen geschah um 1135 bei Anklam, das jüngste 1985 südlich von Ludwigslust. Im letzten Kapitel, das Fälle in Vorpommern schildert, setze ich häufig niederdeutsche Dialoge ein. Das ist einerseits eine Hommage an meine Großeltern Else und Hans Lingnau, die auch Platt miteinander redeten. Ich hörte es als Kind und nahm ihre Sprache mehr auf, als mir lange Zeit bewusst war. Zum anderen verwende ich das vorpommersche Platt als Stilmittel, lasse die Figuren, die oft aus einfachen Verhältnissen stammen, Niederdeutsch reden, weil sie dadurch authentischer werden: Strolche schwatzen *up Platt* daher, wie ihnen die Gaunerschnäbel gewachsen sind. Derbes wird so drollig und Strafbares amüsant.

Freuen Sie sich auf betrügerische Forstmeister, listige Schafdiebe, störrische Droschkenkutscher und Wollüstige, die in Wallung geraten. »Singende Barsche« ist ein unterhaltsames Buch über Irrwitziges, Menschliches und den Tatendrang von Spitzbuben. Ein Kaleidoskop des Verbrechens, ein zweiter mecklenburg-vorpommerscher Pitaval, der von Fälschern, Betrügern und prächtig gelben Schweinen erzählt, aber auch von Mord und emotionaler Erpressung.

Schwerin, im Januar 2022   Bert Lingnau

WESTMECKLENBURG

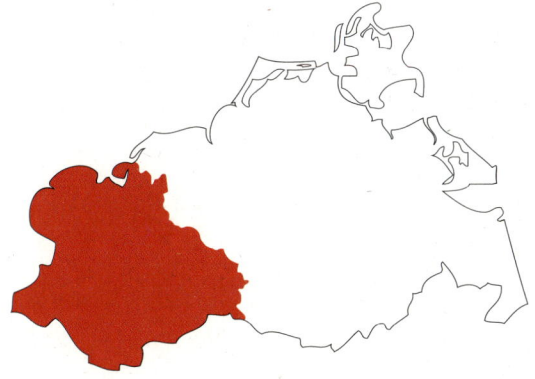

An der Mergelgrube

Die Folgen von emotionaler Erpressung

Als Anton Narloch und Juliane Scharbreck sich 1923 auf dem Bahnhof in Rostock begegnen, ist es Liebe auf den falschen Blick. Er kommt gerade aus Ostpreußen, hat seine Familie verlassen – eine Frau und vier Kinder. Sie ist verheiratet, aber alleinstehend, hat eine kleine Tochter und sucht ein wenig Glück: einen neuen Partner, einen Versorger, ein neues Opfer. Schritt für Schritt nimmt das Verhängnis seinen Lauf.

Narloch, 1876 in Meisterswalde bei Danzig als Sohn eines Arbeiters geboren, war in seiner Jugend öfter arbeitslos und auf Wanderschaft, er lernte den Beruf eines Schweizers. Scharbreck hat ihren Mann verlassen, ihre Tochter Helene ist ein Jahr alt. Zusammen findet das neue Paar eine Anstellung auf dem Gut Beckendorf nordöstlich von Boizenburg.

Narloch arbeitet dort als Schnitter, er ist unbeholfen und willensschwach. Juliane Scharbreck ist unzufrieden und manipulierend. Im Oktober 1924 bringt sie eine gemeinsame Tochter zur Welt: Elfriede. Hat bis dahin noch etwas Zuneigung in der Beziehung geglommen, wird diese Verbundenheit nun zunehmend von Julianes Launen verdrängt. Die Frau liegt dem Schnitter ständig mit alltäglichen Nichtigkeiten in den Ohren und beherrscht das infame Handwerk der emotionalen Erpressung. Dauernd droht sie mit Suizid und fordert Narloch auf, er müsse das Neugeborene töten, da das Geld nicht für die ganze Familie reiche: »Steck das Kind in einen Sack, einen Stein mit hinein und dann versaufen.« Immer öfter verlangt sie sogar, Narloch solle die ganze Familie umbringen, zuerst sie und die Kinder und danach sich. Falls er ihnen nicht sofort in den Tod folge, solle ihn anschließend das erste Gewitter töten.

Irgendwann gibt der Mann auf. Am 29. April 1925 weckt Juliane ihn in der Nacht. Gegen drei Uhr morgens verlassen die beiden, nachdem sie Schnaps getrunken haben, mit der schlafenden Elfriede das Haus. Ihr Ziel: ein 20 Minuten entferntes Wasserloch, eine Mergelgrube, auf der Beckendorfer Feldmark. Dort sucht Narloch einen vier Kilogramm schweren Feldstein, steckt diesen in einen mitgenommenen Sack, hält den Sack auf, und die Frau legt das fest schlafende Kind, dem man noch kurz vor dem Aufbruch Milch gegeben hat, hinein. Mit Garn bindet der Schnitter den Sack zu und wirft ihn ins Wasser, er versinkt sofort. Wenig später, als die beiden am Ufer stehen, sagt die Frau plötzlich: »Mir wird es hier so kalt und eisig, wirf mich auch hinein.« Da trägt er sie ins Wasser, taucht ihren Kopf unter und hält die sich nicht Wehrende solange an den Beinen fest, bis sie ertrunken ist. Dann bindet er ihr zwei Steine in die Röcke und lässt die Leiche in der Mergelgrube versinken. Sodann geht Narloch zurück zur Schnitterkaserne und will die dreijährige Helene holen. Aber andere Leute auf dem Hof sind schon aufgestanden, so dass er seine Tat nicht ausführen kann. Doch alles ist nur aufgeschoben.

Er tötet das Mädchen am nächsten frühen Morgen auf die gleiche Weise in derselben Mergelgrube. Nach dem Mord sitzt er eine halbe Stunde am Ufer und überlegt, Suizid zu begehen. Doch er kehrt um, verlässt vier Tage später das Dorf und zieht quer durch Norddeutschland.

Bald wird nach ihm gesucht, denn die Leichen sind entdeckt worden. Im August 1926 wird er in Spandau verhaftet und vier Monate später in Schwerin vor Gericht gestellt. Die *Mecklenburgische Zeitung* berichtet am 17. Dezember 1926 über die Verhandlung: *»Eine erwartungsvolle drückende Spannung herrscht in dem bis auf den letzten Platz gefüllten*

Zuhörerraum. Auf dem Tisch in der Mitte des Schwurgerichts-saals türmt sich ein Haufen alter Kleidungsstücke – es sind die Kleider der Ermordeten und die großen Feldsteine, die Narloch zu seiner bestialischen Tat verwandte.«

In der Verhandlung kommt das Hörigkeitsverhältnis, in dem der Angeklagte zu seiner Geliebten stand, zur Sprache. Zeugen äußern, Narloch habe völlig unter dem Einfluss dieser Frau gestanden. Die Verteidigung versucht daher, die Taten als Totschlag zu werten, da sie nicht aus freier Willensbestimmung heraus begangen worden seien.

Doch das Schwurgericht verurteilt Anton Narloch wegen vorsätzlichen Mordes in zwei Fällen zweimal zum Tod sowie wegen einer Tötung auf Verlangen zu einer Gefängnisstrafe von vier Jahren. Der Angeklagte, der umfassend gestanden hat, nimmt das Urteil schweigend und regungslos entgegen.

In Beckendorf wurde der Mordplan geschmiedet.

GRABOW
Anna

Ein Verbrechen, das nie aufgeklärt worden ist

Am Gründonnerstag, den 11. April 1895, verlässt die Ar-
beitertochter Anna Kahlstorff nachmittags ihre Arbeitsstelle beim Kaufmann Leopoldi in Grabow, um nach Hause
zu gehen. Die 22-Jährige lebt bei ihren Eltern in Groß
Laasch, sechs Kilometer nördlich von Grabow. Sie freut sich
auf das bevorstehende Osterfest und will gegen 16 Uhr gemeinsam mit einer Freundin, Minna Merz, die ebenfalls in
Groß Laasch wohnt, den Heimweg antreten. Als Minna
nicht auftaucht – sie ist bereits losgegangen – entschließt
sich Anna, allein aufzubrechen.

Ihr Weg verläuft durch einen romantischen Wald und über
einen kleinen Berg. Unterwegs begegnet sie einem Bekannten, einem Schlachter aus Groß Laasch, und danach – in der
Nähe der Ziegelscheune beim Weißen Moor – dem Fuhrmann Liermann, der ebenfalls aus Groß Laasch kommt.
Beide Männer bemerken, dass der jungen Frau in einem gewissen Abstand ein junger Mann, der ein auffallend mar-
kantes Gesicht hat, scheinbar gleichgültig folgt. Liermann,
der den Fremden grüßt, hat den Eindruck, einem Taub-
stummen oder Betrunkenen zu begegnen. Was sucht der
Fremde hier?

Eine Stunde später finden Arbeiter – heimkehrende Stein-
schläger – im Wald die ermordete Anna Kahlstorff. Sie ist,
ungefähr 150 Meter von der Grabower Ziegelscheune entfernt, getötet und ihre Leiche dann etwa 100 Meter weit ins
Holz geschleppt worden. Der *Lübecker Volksbote* berichtet am
18. April 1895, die Tat sei durch drei Revolverschüsse in
den Kopf begangen und die Leiche geschändet worden:
»Der Thäter wird von 8 Zeugen, welche ihn im Laufe der bei-

den letzten Stunden vor der That gesehen, übereinstimmend beschrieben: *Alter 21–25 Jahre, mittlere, kräftige Statur, blondes Haar, beginnender Schnurrbart, nach unten breites Gesicht. Kleidung: dunkles Jacket, etwas hellere, abgetragene Hose, dunkler, steifer, runder Hut. Er führte bei sich einen olivenfarbigen Handstock mit großer hakenförmiger Krücke, keinerlei Gepäck. Der Ermordeten sind geraubt ein schwarzweißer Handkober mit 2 Bändern, 1 Paar neuer, schwarzer Glacehandschuhe, ein weiß-blau-rothes Umschlagtuch, 6 Düten Bonbons.«*

Sofort beginnt die Suche nach dem Täter. Bereits am nächsten Tag wird ein Handwerksbursche im nahen Eldena verhaftet, aber – nachdem der Zeuge Liermann ihn nicht wiedererkannt hat – freigelassen. Unter Verdacht geraten auch der 21-jährige Schlossergeselle Riegemann, der zwei Tage nach der Tat in Boizenburg verhaftet wird, ebenso ein Mann auf dem Bahnhof Karow, den man gefesselt nach

Anna Kahlstorff arbeitete in Grabow – sie wurde im April 1895 nördlich der Stadt ermordet.

16

Grabow bringt. Beide werden ebenfalls nach kurzer Zeit wieder freigelassen, ebenso ein bei Perleberg verhafteter Mann, dessen Kleidung stark mit Blut besudelt ist und der angibt, mehrere Tage im Wald geschlafen zu haben.

Am 18. April verhaftet man in Wittenberge den Tischlersohn Völlmar, der sich verdächtig gemacht hat und zur Tatzeit drei Tage abwesend war. Aber die Zeugen identifizieren auch ihn nicht als die Person, die Anna Kahlstorff am Tattag verfolgte. So kommen alle Verdächtigen wieder frei.

An der Mordstelle wird ein einfaches Holzkreuz zur Mahnung aufgestellt. Vier Monate nach der Tat, im August 1895, findet der Stationsjäger Busch 700 Meter von der Mordstelle entfernt persönliche Sachen der Ermordeten: einen leeren Handkorb, ein buntes Umschlagtuch und einen Sack. Dieser enthält schwarze Glacéhandschuhe, ein leeres Portemonnaie und ein aufgetrenntes schwarzes Kleid.

Trotz weiterer Nachforschungen wird der Täter nie gefunden, darum halten sich Vermutungen und Gerüchte jahrzehntelang. So taucht Anfang Dezember 1925 in Grabow die Behauptung auf, eine Frau im Ludwigsluster Stift Bethlehem habe auf ihrem Sterbebett ein Geständnis abgelegt: Die Mörder sollen sich nach der Tat in ihrer Wohnung in Groß Laasch vom Blut gereinigt haben, sie habe dafür Schweigegeld bekommen. Eine Nachfrage beim Stift Bethlehem ergibt die Haltlosigkeit dieses Gerüchtes.

Ein Gedenkstein, im Februar 1909 für die Ermordete am Tatort aufgestellt, wird später in der DDR während der Nutzung des Geländes als Truppenübungsplatz der Sowjetarmee zerstört. 1988 weiht man einen neuen Gedenkstein für Anna Kahlstorff an dieser Stelle ein, er erinnert noch heute an den Mord.

Verwickelte Ermittlungen

Der Fall Grabowski 1979

Am 28. April 1979, einem Sonnabend, verlässt die 20-jährige Karin Grabowski gegen 19 Uhr das Wohnhaus ihrer Eltern in Grevesmühlen. Sie geht zu Fuß in das südwestlich der Kreisstadt gelegene Bernstorf zum Tanzen. Ihr Partner, der Musiker Werner Engler, steht dort in einer Gaststätte mit seiner Band, der Lotus-Formation, auf der Bühne und spielt den ganzen Abend. Auf dem Heimweg, den die Krankenschwester wieder allein antritt, verschwindet sie.

Eine groß angelegte Suche beginnt. Karin Grabowski ist die Tochter eines Oberleutnants der Grevesmühlener Kriminalpolizei. Nach einer Woche, am 5. Mai 1979, finden Spaziergänger ihre Leiche in einer Kiefernschonung des Meierstorfer Forstes, etwa fünf Kilometer östlich von Grevesmühlen. Die junge Frau ist vergewaltigt und mit der Kordel ihres Parkas erdrosselt worden. In ihrer Scheide werden Sperma und auf ihrer Jacke fremde Haare gefunden. Die Totenflecke zeigen, dass die Leiche innerhalb der ersten zwölf Stunden nach dem Mord umgelagert worden ist.

Bei den Ermittlungen werden hunderte Zeugen von der Polizei verhört. Unter Verdacht gerät auch der Freund des Opfers, Werner Engler, er hat jedoch den ganzen Abend in Bernstorf Musik gemacht, was viele Zeugen zunächst bestätigen. Nach zwei Wochen wird Engler vom Leiter der Abteilung 1, der politischen Polizei, des Volkspolizeikreisamtes Grevesmühlen, der bis 1989 als Inoffizieller Mitarbeiter »Bernd Max« für die Staatssicherheit arbeitet, zu einer Kiesgrube im Degtower Wald bestellt. Der Leutnant zeigt Tatort-Fotos und erzählt alle Einzelheiten der Tat. Engler unterschreibt eine Schweigeverpflichtung und verspricht, bei der Aufklärung zu helfen. Doch nun verfügt er über Täterwissen.

Die anderen Fahnder sind über diese Zusammenkünfte nicht informiert. Sie stoßen schon bald auf ihren Kollegen, den Volkspolizei-Obermeister Horst Berthold Fritz K., der ebenfalls Inoffizieller Mitarbeiter der Staatssicherheit und für den Fahrzeugpark im Volkspolizeikreisamt Grevesmühlen zuständig ist.

K. ist Jäger und besitzt eine Jagdhütte im nahen Grenzgebiet – wie der Leiter der Kreisdienststelle Grevesmühlen des Ministeriums für Staatssicherheit (MfS). So werden diese Ermittlungen zur streng vertraulichen »Sonderspur K.«. Der Verdacht gegen den Volkspolizisten erhärtet sich. Er war in der Mordnacht angeblich im Wald und verstrickt sich in Widersprüche. Doch der Leiter der MfS-Kreisdienststelle sorgt dafür, dass sein IM- und Jagdfreund nicht weiter belangt wird. Im Januar 1980 enden die Ermittlungen gegen Horst K.

Am 28. April 1979 verschwand Karin Grabowski bei Bernstorf.

Dafür wird zwei Jahre später, am 16. März 1982, der Musiker Werner Engler in Grevesmühlen auf seiner Arbeitsstelle, der LPG, verhaftet. Eine eifersüchtige frühere Geliebte, eine Postangestellte, hat in einem Brief beschrieben, dass Engler sie gezwungen habe, die getötete Karin Grabowski in der Tatnacht mit einem Postauto in den Meierstorfer Forst zu bringen. Obwohl Engler zur Tatzeit in Bernstorf auf der Bühne stand, findet sich nun niemand mehr, der sein Alibi bestätigt. Nach insgesamt 350,5 Stunden Verhör, in denen Engler auch körperlich misshandelt wird, weiß er selbst nicht mehr, was er getan hat und was nicht. Dreimal gesteht er den Mord, dreimal widerruft er ihn.

Am 21. März 1983 verurteilt ihn das Bezirksgericht Rostock wegen Mordes zu einer Freiheitsstrafe von 15 Jahren, die frühere Geliebte wegen Beihilfe zu einem Jahr. Engler geht in Revision und hat Erfolg. Am 8. Juli 1983 hebt das Oberste Gericht der DDR das Urteil wegen Mängeln in der Beweisführung auf und verweist das Verfahren zurück nach Rostock. Am 30. Oktober 1983 werden Engler und die Postangestellte freigesprochen. Doch in Grevesmühlen bleibt er geächtet und gemieden, verfällt dem Alkohol.

14 Jahre später – 1997 – beginnt die Kriminalpolizei Schwerin, den Fall neu aufzurollen, weil sich durch den Zugang zu den Stasi-Akten der Verdacht erhärtet hat, dass die Ermittlungen damals aus politischen Gründen unterdrückt wurden. 1999 stirbt Horst K. im Alter von 64 Jahren an einem Herzinfarkt. Ein DNA-Abgleich mit Speichelproben seiner Kinder bringt das Ergebnis, dass die Haare, die an der Jacke von Karin Grabowski gefunden worden sind, von Horst K. stammen. Doch gegen Tote gibt es keine weiteren Ermittlungen. Das Verfahren wird eingestellt, auch die Polizisten, die Werner Engler verhört haben, gehen straffrei aus. Engler, körperlich zerrüttet, stirbt 2005 im Alter von 54 Jahren. 🐗

INSEL LYØ, SCHWERIN
Zechgelage mit Folgen

Die Entführung des Dänenkönigs Waldemar II.

Zu Beginn des 13. Jahrhunderts dringt der dänische König Waldemar II., ein machtgieriger und rücksichtsloser Mann, in Norddeutschland ein und erobert Holstein, Hamburg, Mecklenburg und Pommern. Dagegen regt sich Widerstand. Graf Heinrich von Schwerin, dessen Ländereien ebenfalls von den Dänen besetzt sind, plant ein Schelmenstück, das alles verändern soll: ein königliches Kidnapping. Ein passender Ort und ein günstiger Zeitpunkt sind bald gefunden. Denn in der Nacht vom 6. auf den 7. Mai 1223 wird auf der kleinen dänischen Insel Lyø südlich von Fünen kräftig gefeiert. Waldemar II. hat zu einer Jagdgesellschaft eingeladen, die Beute wird nun – nach einem langen und anstrengenden Tag – verzehrt. Mit dabei sind auch die Mecklenburger. Sie halten sich beim zünftigen Zechgelage jedoch bewusst zurück, die Dänen dagegen trinken sich ihre Leiber voll, bis die gebratenen Wildenten in ihren Bäuchen wieder schwimmen. Genau darauf haben Heinrich von Schwerin und seine Leute gewartet.

In den frühen Morgenstunden führen sie ihren Plan aus: Sie überwältigen den trunkenen Dänenkönig und dessen Sohn, knebeln und fesseln sie, bringen die beiden auf ein Schiff und setzen die Segel. Es geht in Richtung Travemünde. Als die Zurückgebliebenen aus ihrem Rausch erwachen, sind die Mecklenburger mit ihren Gefangenen längst auf hoher See. Eine Verfolgung ist zwecklos, denn die Entführer haben Löcher in die Schiffe der Dänen gebohrt.

Da die Grafschaft Schwerin auch von Waldemars Truppen besetzt ist, werden die Entführten zuerst nach Lenzen in die Mark Brandenburg und danach in die Burg Dannenberg gebracht. Nach der Rückeroberung der Grafschaft Schwerin durch die Mecklenburger werden Waldemar und sein Sohn 1225 schließlich in der Schweriner Burg gefangengesetzt.

Während Waldemar unwirsch in der Haft schmort, beginnen die langwierigen Verhandlungen über seine Freilassung. Sogar Kaiser und Papst schalten sich ein, denn die europäischen Fürsten sind empört – noch nie ist ein König zu Friedenszeiten entführt worden. Schließlich willigen die Dänen zähneknirschend ein, auf alle deutschen Länder außer auf Rügen zu verzichten, 45 000 Silbermark Lösegeld zu bezahlen und sich unter die Oberherrschaft des deutschen Kaisers zu fügen. Waldemar muss schwören, keine Rache zu üben – und er muss drei weitere seiner Söhne als Geiseln stellen. Erst dann wird der Dänenkönig kurz vor Weihnachten 1225 freigelassen, sein entführter Sohn kommt 1226 frei.

In Schwerin wurden Waldemar II. und seine Söhne gefangengehalten.

Der gedemütigte Dänendiktator ist sauer und sinnt – obwohl er anderes geschworen hat – auf Rache, zu tief sitzt die erlittene Schmach. Er stellt eine Armee zusammen und zieht gegen ein norddeutsches Koalitionsheer zu Felde, dem auch Heinrich von Schwerin und seine Leute angehören.

Am 22. Juli 1227 kommt es bei Bornhöved in Holstein zur entscheidenden Schlacht. Etwa 14 000 Dänen stehen rund 12 000 Norddeutschen gegenüber. Waldemar der Wüterich verliert in der Schlacht nicht nur ein Auge, sondern auch etwa 6 000 bis 8 000 seiner Männer – die Dänen werden vernichtend geschlagen. Mit dieser blutigen Niederlage, einer der letzten großen Ritterschlachten des Mittelalters, in der auch etwa 3 000 bis 4 000 Deutsche sterben, endet der Versuch der dänischen Krone, Norddeutschland zu dominieren.

Heinrich von Schwerin, dem mit der Entführung des Dänenkönigs ein bühnenreifes Kunststück gelungen ist, kann sich nicht mehr lange über Waldemars Niederlage freuen. Bereits ein halbes Jahr später, am 17. Februar 1228, stirbt Heinrich und wird im Schweriner Dom bestattet. Die drei Söhne Waldemars, die als Geiseln gestellt worden sind, werden noch bis 1230 in Schwerin festgehalten. Erst dann kommen sie frei – nachdem ihr Vater weitere 7 000 Silbermark gezahlt hat.

KNEESE
Letzter Ausweg

Die Geschichte des Harry Weltzin

Am späten Abend des 3. September 1983 nähert sich ein Mann der innerdeutschen Grenze bei Kneese am Schaalsee. Er kommt aus Schwerin, hat die Stadt am Nachmittag verlassen und den etwa 30 Kilometer langen Weg wohl zu Fuß zurückgelegt. Ausgerüstet mit Kompass, Werkzeugen und Schnorchel will er die Grenze zur Bundesrepublik überwinden. Er sieht dies als letzten Ausweg und ist sich der Lebensgefahr, in die er sich begibt, bewusst. § 213 des DDR-Strafgesetzbuches sieht zu dieser Zeit für den »Ungesetzlichen Grenzübertritt« – unabhängig aus welcher Richtung – bis zu acht Jahre Haft vor. Die Regelung dient der DDR vor allem dazu, eigene Bürgerinnen und Bürger, die versuchen zu fliehen, zu bestrafen. Der Paragraf verstößt gegen die 1948 beschlossene *Allgemeine Erklärung der Menschenrechte der Vereinten Nationen.* Dort heißt es in Artikel 13: »*Jeder hat das Recht, jedes Land, einschließlich seines eigenen, zu verlassen und in sein Land zurückzukehren.*« Die DDR, seit 1973 Mitglied der Vereinten Nationen und 1975 Mitunterzeichnerin der KSZE-Schlussakte, in der unter anderem die Achtung der Menschenrechte vereinbart worden ist, befestigt ihre Grenzen seit 1952 vor allem, um die Auswanderung qualifizierter Fachkräfte in den Westen zu verhindern. Aber auch Aktionen des Westens gegen die DDR und die sozialistischen Staaten sollen erschwert bzw. verhindert werden. Es ist die Zeit des Kalten Krieges und Wettrüstens.

Der Mann erreicht südlich von Kneese die Staatsgrenze und durchschneidet gegen Mitternacht ein Dutzend Stacheldrähte des vor kurzem neu errichteten Signalzaunes, der noch keinen Strom führt und daher keinen Alarm auslöst.

Er legt sich am Kontrollstreifen ins hohe Gras und wartet. Sein Name: Harry Weltzin, geboren 1955 als Sohn einer Kaufmannsfamilie in Wismar. Nach Lehre und drei Jahren Armee hatte er in seiner Heimatstadt Elektrotechnik studiert und von 1981 bis 1983 als Ingenieur auf der Wismarer Werft gearbeitet. Weltzin war immer wieder durch Eingaben an die SED aufgefallen, in denen er die Jugendpolitik und Versorgungslage in der DDR kritisierte und schließlich aus der SED, deren Mitglied er von 1975 bis 1980 war, unter anderem wegen Beleidigung von Genossen, Individualismus, Besserwisserei und nicht gezahlter Mitgliedsbeiträge ausgeschlossen worden. Seine Verpflichtung als Inoffizieller Mitarbeiter misslang der Staatssicherheit im November 1981, in dem Jahr wurde auch seine Ehe nach zweijähriger Dauer geschieden. Im Februar 1983 verlor der Ingenieur seinen Job auf der Wismarer Werft nach einer

Am 31. August 2013 wurde ein Mahnmal für Harry Weltzin bei Kneese eingeweiht. Es besteht aus Originalteilen des früheren drei Meter hohen Grenzmetallzaunes.

Auseinandersetzung mit einem leitenden Genossen und zog zu seiner neuen Verlobten nach Schwerin. Ende Juni 1983 kam ihr gemeinsames Kind zur Welt. Er selbst arbeitete im Geschäft seiner Eltern in Wismar als Verkäufer. Doch seine Verlobte drohte mit Trennung, falls er sich nicht um neue, einträglichere Arbeit bemühe, schließlich forderte sie ihn auf, auszuziehen. Als sie am 3. September 1983, einem Sonnabend, gegen 19.30 Uhr mit ihrem Kind nach Hause kam, fand sie Weltzins Wohnungsschlüssel im Briefkasten, zudem eine handschriftliche Erklärung, in der er die Vaterschaft für das Kind anerkannte und ihr sein Mobiliar vermachte.

Stunden später, am Morgen des 4. September, gräbt Harry Weltzin ein Loch, um unter dem Grenzzaun hindurch zu gelangen. Dabei löst er um 4.36 Uhr die zwei in nächster Nähe am Grenzzaun montierten Selbstschussanlagen aus. Die Splitterminen explodieren und verletzten Weltzin schwer. Grenzsoldaten eilen herbei und fahren ihn mit einem Militärlaster nach Zarrentin, dort wird sein Tod festgestellt. Zwei Tage später willigen seine Eltern – unter Druck gesetzt – ein, die Leiche nicht mehr sehen zu wollen, sie wird in Schwerin eingeäschert und die Urne in Wismar beigesetzt. In der Stadt entstehen zwei Gerüchte: Das eine besagt, Weltzin habe sich am Grab seines Großvaters in Wismar erhängt, das andere, er sei als Reservist bei einem Manöver ums Leben gekommen.

1998 werden zwei frühere DDR-Grenzoffiziere angeklagt, die 1979 für das Verlegen der Splitterminen in dem Grenzabschnitt am Schaalsee verantwortlich waren. Das Landgericht Schwerin spricht sie im Jahr 2000 frei, der Bundesgerichtshof hebt 2001 das Urteil teilweise auf, schließlich verurteilt das Landgericht Rostock sie wegen Totschlags zu Bewährungsstrafen von sechs bzw. 18 Monaten.

Im Märchenreich

1885 erdrosselt der Schmiedegeselle Fritz Bartels seine Schwiegermutter

An diesem Dezembertag verändert sich alles. Auf den Wiesen in der Lewitz glitzern morgens die gefrorenen Wassertropfen wie kostbare Perlen, die nachts von Zwergen verteilt wurden, anmutig und verschwenderisch. Sie verwandeln die Landschaft in ein funkelndes Märchenreich, das von gläsernen Gräben und Bächen durchzogen ist. Als es gegen elf Uhr zu schneien beginnt, schweben die weichen Kristalle herab und bedecken die Moore, Wege und Hausdächer. Sie verhüllen scheinbar auch alle Risse und Wunden.

Am westlichen Rand dieser Zauberwelt liegt das Dorf Kraak. Die Lehmkaten ducken sich hinter den Tannen, als hätten sie Angst vor dem nächsten Sturm. Eigenwillig quillt der Rauch aus den Schornsteinen in den mecklenburgischen Himmel und färbt die Flocken, die er berührt, grau und schwarz.

Im Haus des Dorfschmiedes Möller ist es trotz des geheizten Ofens kühl. Denn hier herrscht Unfrieden, die Ehefrau des Schmiedes ist eine herrschsüchtige Hexe mit kalter Stimme, eine Schneekönigin, die ihre spitzen Worte wie Eiszapfen durch die Schmiede wirft. Ihr Schwiegersohn, der 27-jährige Schmiedegeselle Fritz Bartels, lebt mit im Haus. Längst hasst er seine Schwiegermutter, der er nichts recht machen kann und die ständig damit droht, ihn aus dem Haus zu werfen. Er sei ein Taugenichts, habe zwei linke Hände, saufe zu viel Schnaps und werde das Stroh in seinem Kopf nie in goldenes Wissen verwandeln, selbst wenn er irgendwann einmal die Meisterprüfung bestehen sollte. Wie konnte ihre Tochter nur so einen Dösbartel heiraten!

Heute beschließt Fritz Bartels, sich zu befreien. Er hat die Vorwürfe satt, er will die Hexe umbringen. Aber wie? Soll er sie in das Schmiedefeuer stoßen? Oder in den Brunnen werfen? Nein, er will sie mit seinen eigenen Händen töten, ganz langsam. Und während er der Schneekönigin die Kehle zudrückt, verändern sich ihre Augen, werden groß und treten hervor. Ihr Blick ist jetzt nicht mehr hochmütig, sondern erstaunt – und zuletzt starr vor Schreck.

Nach dem Mord wird zunächst der Schmied Möller verhaftet. Schnell stellt sich jedoch heraus, dass sein Schwiegersohn der Tat verdächtig ist. Fritz Bartels wird verhaftet, verhört und gesteht den Mord. Die böse Fee habe es nicht besser verdient. Nicht er, sondern sie sei schuldig, er habe nur aus Notwehr gehandelt.

Das Schwurgericht Güstrow verurteilt Bartels zum Tod. Um seiner Hinrichtung zu entgehen, korrigiert er sein Geständnis und beantragt die Wiederaufnahme des Verfahrens. Er

In Kraak wurde im Dezember 1885 die Schmiedefrau Möller erdrosselt.

habe die Ermordung nicht allein, sondern zusammen mit seinem Schwiegervater ausgeführt und zwar in der Weise, dass er selbst nur die Arme der Frau gehalten, sein Schwiegervater aber die Erdrosselung vorgenommen habe. Er sei von diesem mit einer Pistole bedroht und zur Mithilfe gezwungen worden. Der Antrag auf Wiederaufnahme des Verfahrens wird jedoch vom Gericht abgelehnt und auch die hiergegen eingelegte Beschwerde vom Großherzoglichen Oberlandesgericht Rostock verworfen.

Am 22. Oktober 1886 steht Bartels morgens um sieben Uhr auf dem Gefängnishof des Landgerichtsgebäudes Güstrow einem Berliner Scharfrichter gegenüber. Die Nachricht von dem Eintreffen des Henkers hatte am Nachmittag zuvor eine große Menschenmenge zum Güstrower Bahnhof gelockt – die Leute wollten sehen, wie der »Gevatter Tod« mit der Bahn anreist.

Jetzt, im Gefängnishof, sind außer den Gerichtspersonen nur wenige Menschen anwesend, welche durch Karten Einlass erhalten haben. Die *Wöchentlichen Anzeigen für das Fürstenthum Ratzeburg* berichten am 25. Oktober 1886 über die Hinrichtung: »*Bartels, welcher große Ruhe zeigte, ließ sich ohne Widerstand zum Richtblock führen, und nach wenigen Sekunden war durch den Scharfrichter Krauts die Enthauptung vollzogen. Der ganze Strafvollstreckungsakt nahm die Dauer von 7 Minuten in Anspruch.*«

Während der Hinrichtung wird das Gerichtsgebäude von Gendarmen abgeriegelt. Auch die Fenster des Landarbeitshauses, durch die man auf den Richtplatz blicken kann, sind verhängt. Der Leichnam des Mörders wird zum Krankenhaus Güstrow gebracht, damit Professor von Brunn aus Rostock anatomische Präparate entnehmen kann. 🐗

Im Feindesland

1985 wird der US-Offizier
Arthur Donald Nicholson erschossen

Es ist die Zeit des Kaltes Krieges. Als am 11. März 1985 Michael Gorbatschow neuer Generalsekretär der KPdSU wird, beginnt zwischen der Sowjetunion und den USA eine Annäherung. Bereits einen Tag später starten die beiden Supermächte in Genf Gespräche über eine Begrenzung der atomaren Waffen auf der Erde und im Weltraum. Am selben Tag kommen in Moskau anlässlich der Trauerfeierlichkeiten für Gorbatschows Vorgänger, Konstantin Tschernenko, Bundeskanzler Helmut Kohl und DDR-Staats- und Parteichef Erich Honecker zu Gesprächen zusammen. Sie bekunden ihren Willen, gutnachbarliche Beziehungen zu pflegen.

Ungeachtet dessen geht die Spionage zwischen Ost und West weiter. Zwölf Tage später ist Major Arthur Donald Nicholson, Angehöriger der US-Militärverbindungsmission in Potsdam, mit seinem Fahrer in einem Mercedes-Geländewagen in der DDR auf Erkundungsfahrt. Die Militärverbindungsmissionen existieren seit 1945, um eine reibungslose Kommunikation der Alliierten im besetzten Deutschland zu gewährleisten. Tatsächlich nutzen nach Beginn des Kalten Krieges alle Alliierten ihre Militärverbindungsmissionen vorwiegend zur Spionage. Denn es besteht eine vertraglich garantierte Bewegungsfreiheit auf dem Territorium des jeweiligen Gegners, ausgenommen davon sind militärische Sperrgebiete.
Nicholson ist seit 1982 in Potsdam stationiert, der US-Offizier hat bereits über 100 Aufklärungs- und Spionagefahrten in der DDR absolviert. Am Sonntag, den 24. März 1985,

rollen er und sein Fahrer kurz nach 15.30 Uhr in ihrem Mercedes auf das Terrain der sowjetischen Panzerdivision in Techentin südlich von Ludwigslust. Nicholson war bereits in der Silvesternacht 1984/85 hier und hat erfolgreich Fotos vom Inneren eines Panzers gemacht. Diesmal hofft er, einen der neuen T80-Panzer fotografieren zu können, den die Sowjets kurz zuvor an ihre Einheiten in Ostdeutschland ausgeliefert haben. Nicholson steigt aus dem Fahrzeug, nähert sich einer Panzer-Werkhalle und macht durch ein Fenster hindurch Aufnahmen.

Ein sowjetischer Wachposten, Untersergeant Aleksander Ryabtsew, der sich abseits vom Gebäude im nahen Wald aufgehalten hat, nähert sich den beiden US-Soldaten und gibt insgesamt drei Schüsse ab. Einer dieser Schüsse trifft Nicholson und verwundet ihn tödlich im Oberbauch. Ryabtsew hindert den anderen Amerikaner mit vorgehaltener Waffe daran, Erste Hilfe zu leisten und zwingt ihn in seinen Wagen

Seit März 2005 erinnert ein Gedenkstein
in der Nähe des Tatortes an Nicholsons Tod.

zurück. Da das Fahrzeug vertraglich als extraterritoriales Gebiet gilt, kann der Fahrer nicht festgenommen werden.

Der Fall löst eine weltpolitische Krise aus. Die Sowjetunion und die USA schildern den Ablauf der Geschehnisse unterschiedlich. Die Sowjetunion behauptet, dass der Wachposten die Männer in der Nähe eines sicherheitssensiblen Militärgebäudes angetroffen, sie auf Russisch und Deutsch angerufen, einen Warnschuss abgegeben und erst dann auf den zu seinem nur wenige Meter entfernten Fahrzeug laufenden Nicholson geschossen habe. Die USA behaupten, der Posten habe sofort gezielt zuerst auf den Fahrer geschossen, der aus dem Schiebedach die Umgebung beobachtete, und, nachdem dieser sich in das Auto habe fallen lassen, sei der unbewaffnete Nicholson erschossen worden. Nach Angaben der Sowjetunion ist Nicholson sofort tot und daher keine medizinische Hilfe möglich gewesen. Die USA legen dar, ihr Soldat sei langsam verblutet, niemand habe Erste Hilfe geleistet.

Der Leichnam Nicholsons wird auf der Glienicker Brücke zwischen Potsdam und West-Berlin an Mitarbeiter der US-Militärverbindungsmission übergeben, anschließend auf die Andrews Air Force Base bei Washington D. C. in die USA überführt und auf dem Nationalfriedhof Arlington beigesetzt.

1988 entschuldigt sich die Sowjetunion für die Tötung des Offiziers. Die Garnisonsbibliothek der amerikanischen Streitkräfte in West-Berlin erhält zu seinem Gedenken den Namen »Major Arthur D. Nicholson Jr. Memorial Library«. Sie ist heute Teil des Alliierten-Museums.

Seit März 2005 erinnert ein Gedenkstein an der Bundesstraße 191 südlich von Ludwigslust an die Geschehnisse. Jede Zeit konzipiert ihre eigenen Helden. 🐗

Senta, bitte kommen

Die beste Nase Mecklenburgs

Zu Beginn des 20. Jahrhunderts setzt die Polizei im Deutschen Reich erstmals offiziell Diensthunde ein, um Verbrecher aufzuspüren und dingfest zu machen. Denn Hunde riechen viel besser als Menschen, weil sie eine flächenmäßig deutlich größere und dickere Nasenschleimhaut haben. In der Nase eines Hundes befinden sich etwa 220 Millionen Riechzellen, beim Menschen sind es nur etwa fünf Millionen. Hunde können sogar Düfte, die vermischt sind, einzeln wahrnehmen, sich merken und später wiedererkennen. Deswegen sind sie ideal geeignet, um auch Spuren von Schurken zu verfolgen.

Ein besonderes Tier versieht im Jahr 1909 seinen Dienst in Rostock. Die Hündin Senta ist stadtbekannt, immer wieder werden ihre Erfolge in der Lokalpresse gefeiert. Die Gauner der Hafenstadt sind darob seit Monaten in Aufruhr, weil die Supernase den Schwarzmarkthandel und die Schattenwirtschaft empfindlich stört und der hanseatischen Unterwelt tatsächlich eine ernsthafte Rezession droht. Alternativen zu ihren kriminellen Geschäften lehnen die Gauner ab, denn rechtschaffene Arbeit verstößt gegen ihre Ganovenehre. Weder die soliden Einbrecher noch die fleißigen Taschendiebe und schon gar nicht die ehrbaren Luden möchten schnödem, bürgerlichem Broterwerb nachgehen. Nur der erfolgreiche Gesetzesbruch beschert den Strolchen akzeptable Glücksgefühle.

Senta bringt ihnen offenkundig wenig Empathie entgegen. Sie ist so erfolgreich, dass sie sogar in andere Städte Mecklenburgs gesandt wird, um dort Halunken am Hacken zu packen. So trifft sie am 27. März 1909 auch in Lübz ein, um bei der Ermittlung eines Diebes zu helfen. Der Tatbestand: Zwei Nächte zuvor ist in dem Bankgeschäft A. Schröder eingebrochen, ein eiserner Geldschrank mit einem Frittbohrer geöffnet und Bargeld gestohlen worden. Unter Verdacht steht ein Schmiedegeselle, ein blondschnurrbärtiges Bürschchen, welches bereits einen Tag später, am Abend des 26. März, verhaftet worden ist. Die *Stralsundische Zeitung* berichtet am 1. April 1909 über die Ereignisse: »*Inzwischen war es aber in Lübz bekannt geworden, dass der Rostocker Polizeihund ‚Senta' eintreffen werde. Die Nachricht hatte große Scharen Neugieriger auf die Straßen gelockt. Alle wollten die ‚Senta' sehen. Diese konnte aber ihre Aufgabe nicht erfüllen, da ein Arbeiten der ‚Senta' auf den mit Menschen angefüllten Straßen und Plätzen nicht möglich war.*«

Die vielen Gerüche der unterschiedlichen Leute – der Schweiß der Arbeiter, der Mief der Beamten, das Fliederparfüm der Landstädtchendamen – irritieren die Hündin.

In Lübz wurde 1909 ein Dieb durch die Polizeihündin Senta überführt.

Hinzu kommen stattliche Pferdeäpfel auf den Straßen, Reviermarkierungen von Lübzer Hunden am Amtsturm sowie Tabakwolken, die unbekümmert aus Wirtshausfenstern quellen. Das alles zusammen ist selbst für die beste Nase Mecklenburgs zu viel. Die Spurensuche muss verschoben werden, was allerdings nicht weiter nachteilig ist, weil der Verdächtige ja bereits im Stadtgefängnis sitzt und missgelaunt gesiebte Luft atmet.

Am nächsten Morgen, am Sonntag, den 28. März 1909, sind die Gendarmen früh unterwegs und werden nicht mehr von Neugierigen und deren Ausdünstungen gestört. Um sechs Uhr startet die Suche am aufgebrochenen Geldschrank, wie die *Stralsundische Zeitung* am 1. April berichtet: *»Der Hund nahm sofort die Fährte auf und lief schließlich auf das Grundstück eines Schlossermeisters, bei dem der verhaftete Geselle gearbeitet hatte, dann lief er durch die Werkstatt in den Hausflur und die erste Trepp hinauf, wartete auf das Oeffnen der Bodenklappe und erstieg dann die zweite Treppe. Hierauf wandte er sich sofort der Kammer zu, die von dem verhafteten Gesellen bisher bewohnt war. Mittlerweile war der Häftling an Ort und Stelle gebracht worden. Nach kurzem Leugnen gestand er den Einbruchsdiebstahl ein und bezeichnete selbst die Werkzeuge, die er benutzt hatte.«*

Wieder ist es ein phänomenaler Erfolg für Supernase Senta. Neidisch blicken die Lübzer Straßenköter der Königin der Ermittlungen, als sie wieder zum Bahnhof geführt wird, hinterher und schleichen dann betrübt, mit eingeklemmten Schwänzen, in die Seitengassen. Eine solche Aufmerksamkeit werden sie nie erhalten.

Und der Straftäter? Sein Name ist nicht überliefert. Er ist auch nur eine Randfigur dieser Geschichte. Ein Gehilfe des Ruhms, ein Werkzeug des Glanzes der besten Nase Mecklenburgs. Wau.

Flotter Hirsch

Was Forstmeister Christian Schmarsow so trieb

Eine Nachricht ruft im Herbst 1888 bei den sogenannten höheren Kreisen in Mecklenburg Erstaunen und Erschrockenheit hervor. Die Meldung, der Forstmeister Schmarsow aus Rehna sei verhaftet worden, fährt wie eine Axt in die eichengetäfelten Herrenzimmer und arbeitet auch im mecklenburgischen Blätterwald. Schmarsow sei von zwei Gendarmen in das Untersuchungsgefängnis des Landgerichtes nach Schwerin gebracht worden, berichten die *Wöchentlichen Anzeigen für das Fürstenthum Ratzeburg* am 30. November 1888: *»Der Forstmeister Schmarsow, ein angehender Vierziger, war erster Inspektionsbeamter der Forstbezirke Rehna, Gadebusch und Grevesmühlen, bewohnte den sehr stattlichen Forsthof unweit Rehna und wird angeklagt, bedeutende Unterschlagungen amtlicher Gelder – wie man sagt von 12 000 Mark – verübt zu haben.«*

Der Waldmeister ein wilder Dieb? Es ist kaum zu glauben. Das schlägt dem Fass die Krone ins Gesicht. Christian Georg Wilhelm August Schmarsow, geboren am 28. Dezember 1840 in Schildfeld bei Boizenburg, ist in den Sport- und Jagdkreisen Mecklenburgs sehr angesehen und gehört auch dem Vorstand des Mecklenburgischen Zweigvereins des Allgemeinen Deutschen Jagdschutz-Vereins an. Ein flotter Hirsch, ein schneidiger Mann, der Weid- und Mundwerk beherrscht, dem Kugeln und Jagdmesser locker sitzen und der eine militärische Karriere vorzuweisen hat. Als Offizier in den Kriegen 1866 und 1870/71 im Einsatz gewesen, besitzt er die Kriegsdenkmünzen jener »Feldzüge« sowie das Mecklenburgische Verdienstkreuz von 1870/71. Aber schon damals zeigte er sich aus knorrigem Holze geschnitzt. Schmarsow war nach dem Sieg der Preußen im Deutsch-Französischen Krieg vom mecklenburgischen Großherzog Friedrich Franz II., der als General-Gouverneur in Lothringen regierte, mit der Verwaltung der dortigen Staatsforsten beauftragt. Der Waldwärter verhielt sich aber nicht ganz astrein, sondern leistete sich Eigenmächtigkeiten und Rücksichtslosigkeiten, sodass er bald wieder vom feudalen Hochsitz steigen musste.

So kehrte Schmarsow, der aus einer Försterfamilie stammte, schon Großvater und Vater waren Forstbeamte im mecklenburgischen Schildfeld, in die Heimat zurück, heiratete 1873 eine Petersburgerin, die Wertpapiere von über 50 000 Mark mit in die Ehe brachte, und wurde am 13. Februar 1877 zum Forstmeister in Rehna ernannt. Doch er schützte weder Kiefer noch Keiler, wurde sogar einmal wegen Sachbeschädigung mit 20 Mark bestraft und stahl seit seinem Dienstantritt eifrig Gelder aus der Forstkasse. Er führte die Bücher und Register unrichtig, meldete dem Großherzog-

In Rehna trieb Forstmeister Schmarsow weidlich sein Werk.

lichen Forstkollegium in Schwerin die amtlichen Einnahmen stets zu niedrig, die Ausgaben dagegen immer zu hoch. Um seine Spur zu verwischen, glich er die Kasse nach der Entnahme größerer Beträge durch Anleihen aus, so dass die Kontrolleure bei den jährlichen Revisionen regelmäßig ins Bockshorn gejagt wurden.

Doch am 16. November 1888 schöpft Oberforstrat Passow Verdacht, nimmt am 19. November eine große Revision in Rehna vor und entdeckt, dass in der Kasse 14 917 Mark und neun Pfennige fehlen. Schmarsow wird sofort suspendiert, am 28. November aus großherzoglichen Diensten entlassen und am Gehörn ins Gefängnis geführt.

Am 28. März 1889 steht der Bilanzfälscher vor dem Schwurgericht Güstrow. Die *Wöchentlichen Anzeigen für das Fürstenthum Ratzeburg* berichten darüber am 2. April 1889: »*Angeklagter versuchte seine Handlungen in ein milderes Licht zu stellen, indem er ausführte, daß ihm während seiner Studienzeit die erwartete Hülfe von Seiten seiner Verwandten nicht zu Theil geworden und er somit in Schulden von über 10 000 M. gerathen sei. Seine Frau sei auch nicht im Stande gewesen, sich in eine kleine Wirthschaft hineinzufinden. Von Seiten des Präsidenten ward ihm der Vorhalt gemacht, daß er als rechtlich denkender und handelnder Mann hätte auf seine Frau einwirken müssen, daß sie sich nach der Decke strecke.*«

Das Gericht verurteilt Schmarsow zu vier Jahren Zuchthaus. Ende April 1889 werden Gegenstände und Wertsachen aus seiner Konkursmasse versteigert, u. a. Möbel, ein eiserner Geldschrank, ein Blüthner-Konzertflügel, drei Jagdwagen, eine Dreschmaschine, ein Boot sowie verschiedene Gewehre und Geweihe. Auch Uhren, Bücher, diverse Weine, Silbersachen, Bettwäsche sowie Acker-, Haus- und Küchengeräte kommen unter den Hammer. Schlagartig ist der Unterschläger alles los und dem Schlaganfall gehörig nahe.

Schwiegermutter

Wie es enden kann

Ende der 1940er Jahre wird Scharbow, ein kleines Dorf nördlich von Hagenow, zum Schauplatz einer Auseinandersetzung, in deren Verlauf zunächst nur derbe Ausdrücke in einer bäuerlichen Küche hin und her fliegen, dann jedoch – als der Wortschatz erschöpft ist – flugs zum Beil gegriffen und der Streit, nun ja, in anderer Form weitergeführt wird. Dabei spielt die Bäuerin Lina Runte, eine robuste Dame mit flinker Zunge, eine nicht unwesentliche Rolle. Sie lebt in Scharbow mit ihrer Tochter Meta und deren Mann, Hermann Berwanger, unter einem Dach, aber der Zwist, der zwischen den dreien herrscht, lässt zunehmend die Fenster klirren. Herrschsüchtig verwaltet die Alte den Bauernhof, sie ist die Monarchin der Mistgabeln und Rindviecher und lässt sich die Wurst nicht von der Stulle nehmen. Doch die Kaiserin hat eine Schwäche: Sie liebt Bohnenkaffee und Alkohol und gibt dafür reichlich Geld und Lebensmittel in eigennütziger Weise aus. Mit Kaffee und Likörchen, die zu dieser Zeit Luxusgüter sind, stärkt Lina Runte ihr leibliches Wohl, ölt fleißig ihre Zunge – und nährt zugleich die familiäre Fehde.

Der Schwiegersohn Hermann Berwanger hat 1939 die Tochter geheiratet und zunächst eine glückliche Ehe geführt. Im Laufe des Zweiten Weltkrieges ist er jedoch von seiner Familie getrennt worden und erst im Mai 1947 aus englischer Gefangenschaft in das Haus der Schwiegermutter – der Schwiegervater ist inzwischen gestorben – nach Scharbow zurückgekehrt. Schon bald zeigt sich in der Ehe eine gewisse Entfremdung, Dorfklatsch und Streitigkeiten kommen hinzu, so dass Berwanger den Ort wieder verlassen will und nur auf Bitten der beiden Frauen bleibt. Doch das familiäre Zusammenleben verbessert sich nicht. Im Verlauf eines Streites schnaubt der genervte Berwanger seiner Schwiegermutter, die gerade für sächsische Hamsterfahrer Butter abwiegt, die Worte entgegen: »Dir müsste man die Finger abhacken, damit dieses Verscheuern endlich aufhört.«

Aber Lina Runte behält auf dem Hof weiter die Harke in der Hand, schwingt fuchtig die Dreschflegel und presst ihren Schwiegersohn nach und nach in die Rolle eines Knechtes, der zuletzt nicht einmal mehr Vieh und Wagen anrühren darf. Die Zwietracht wird von Berwangers Ehefrau noch emsig geschürt, denn der Boskop fällt nicht weit vom Stamm.

Am 22. Juli 1948 ist Hermann Berwanger in der Küche beschäftigt, seine Frau putzt am Tisch Gemüse, und die Kaiserin hantiert am Herd. Wieder kommt es wegen einer Nichtigkeit zu einer Disharmonie zwischen den dreien, in deren Verlauf dem Schwiegersohn hübsche Schimpfworte

In Scharbow wurde am 22. Juli 1948 die Bäuerin Lina Runte erschlagen.

an den Kopf segeln. Damit ist sein Maß voll. Flugs hält er ein in der Nähe befindliches Beil in der Hand, brummt kurz und streckt seine Schwiegermutter mit drei Schlägen effizient zu Boden. Seine Frau sieht dabei zu. Die Leiche schleppt Berwanger in den Keller, beseitigt die Blutspuren, und des Nachts chauffiert er die tote Monarchin zu einer 1,5 Kilometer vom Dorf entfernten Weide, auf der er sie vergräbt.

Doch alles Ackern hilft ihm nichts, die Tat kommt ans Licht und Hermann Berwanger in Untersuchungshaft. Am 30. März 1949 steht der 47-Jährige vor dem Schwurgericht Schwerin. Die *Landes-Zeitung*, das *Organ der Sozialistischen Einheitspartei Deutschlands für Mecklenburg*, berichtet einen Tag später über den Prozess: *»Der Täter, ein hagerer Mensch, mittlerer Statur, machte während der ganzen Verhandlung nicht den Eindruck, als ob er von Natur aus jähzornig oder aufbrausend wäre, im Gegenteil, er erschien ruhig und besonnen, und selbst mehrere seiner engeren Bekannten konnten diese entsetzliche Bluttat von ihm nicht verstehen.«*

Berwanger schildert die Vorgänge bis unmittelbar vor der Tat und auch alles, was danach geschehen ist. An die Tat selbst will er sich nicht erinnern können. Er erklärt nur, dass er das Geschehene tief bedauere. Wirklich?

In den späten Nachtstunden des 30. März 1949 verkündet das Schwurgericht sein Urteil: fünf Jahre Gefängnis. Obwohl von der Staatsanwaltschaft 15 Jahre Zuchthaus beantragt wurden, vertritt das Gericht unter Zugrundelegung eines Sachverständigengutachtens die Ansicht, dass Berwanger mildernde Umstände anzurechnen seien. Die Tat sei im Affekt geschehen. Ob ihm seine Ehefrau in irgendeiner Weise behilflich war, wird ebenfalls untersucht, bleibt letztlich aber ungeklärt, ebenso ob der Spruch *»Siehst du im Moor die Schwiegermutter winken, wink zurück und lass sie sinken«* Berwanger bekannt war. 🦞

SCHWERIN
Vom Erhabenen und Lächerlichen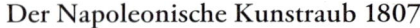

Der Napoleonische Kunstraub 1807

Bei Napoleon gingen Genie und Größenwahnsinn Hand in Hand. Der Korse begann seine Karriere als hagerer Artillerieleutnant und beendete sie als korpulenter französischer Kaiser. Manchmal sagte er kluge Sätze wie »Vom Erhabenen zum Lächerlichen ist nur ein Schritt«. Das traf auch auf ihn zu. Napoleon war der beste Feldherr seiner Zeit – und der größte Kunsträuber. Er ließ aus den besetzten Gebieten die kostbarsten Gemälde, Möbel, Porzellane, Elfenbeinschnitzereien, Skulpturen, Bücher und Handschriften abtransportieren, zuerst als Offizier in staatlichem Auftrag, später als Kaiser in eigener Sache. So wurde, als seine Truppen Mecklenburg besetzten, auch die Kunstsammlung der Herzöge in Schwerin gründlich geplündert.

Der Generaldirektor der National-Museen in Paris, Dominique Vivant Denon, reiste Anfang März 1807 an, besah und beschnüffelte die Gemälde und ließ sofort einpacken. Dabei bemerkte er nicht, dass ein anderer Mann ihm teilweise zuvorgekommen war: Theodor Thiel, der wackere Galerieaufseher des Schweriner Schlosses. Er wollte vor den Räubern retten, was zu retten war und hatte bereits etliche kleinere Kunstgegenstände versteckt. Zwar hängte Thiel keine großen Gemälde ab, er konnte sich ja schlecht als gehender Schrank verkleiden oder sie unauffällig unter seinem Mantel nach draußen schmuggeln. Aber die kleinen Miniaturen, Figuren oder Vasen, die überall in Vitrinen, Glasschränken und auf den Tischchen standen, die konnte er retten. Er verbarg sie klopfenden Herzens im Schloss.

Die Franzosen raubten – ungehemmt und munter – 209 Gemälde, darunter natürlich die besten Werke. Hinzu kamen

Emaillen mit Bildnissen fürstlicher Persönlichkeiten, Miniaturen, Meißener Porzellane, Elfenbeinskulpturen und zahlreiche Objekte aus Stein, Muscheln und Kristall, unter anderem ein versteinertes Bisonhorn, das 1749 im Schweriner See
gefunden worden war. Alle Kunstwerke kamen zur Erweiterung und Ergänzung des Musée Napoléon, des Welt-
museums im Louvre, nach Paris, um die Glorie des Korsen
zu mehren.

Als Mecklenburg-Schwerin im Juli 1807 nach dem Frieden
von Tilsit wieder weitgehend souverän wurde und der ver-
jagte Herzog Friedrich Franz I. zurückkehrte, wurde Theodor
Thiel kurioserweise angezeigt. Irgendjemand im Schloss hatte
beobachtet, wie der Galerieaufseher vor einigen Monaten etliche Kunstwerke fortgeschafft hatte. Das war doch Diebstahl
an fürstlichem Eigentum! Doch der Herzog behielt kühlen
Kopf. Es wurde eine Kommission gebildet und eine Untersuchung eingeleitet. Thiel wurde vernommen, und die Sache
klärte sich schnell auf: Der Galerieaufseher wurde für seine

»Die Torwache«
von Carel
Fabritius
wurde auch aus
Schwerin geraubt.

mutigen Taten gelobt und durfte seinen Posten behalten. Inzwischen ließ Napoleon mit den geraubten Kunstschätzen seine Paläste schmücken, er präsentierte sich – in diesen Monaten auf dem Höhepunkt seiner Macht – als gottgleicher Herrscher und Gönner. Kaiserlich und erhaben – und in all dem Prunk doch lächerlich.

Am 14. Oktober 1807 wurde die große Ausstellung im Pariser Louvre eröffnet, welche die besten Kunstwerke aus den eroberten deutschen Gebieten zeigte. Unter den rund 370 Gemälden waren etwa 70 aus Schwerin zu sehen, darunter die »Die Torwache« von Carel Fabritius, das heute weltbekannte Bild der Schweriner Sammlung. Es war paradox, aber der Raub war der Beginn der Weltgeltung des Bildes. Bis zu der Pariser Ausstellung hatte es weitgehend unbeachtet in Schwerin gehangen und war als ein Werk des Holländers Gerard ter Borch mitgenommen worden. In Paris wurde das Gemälde restauriert und der übermalte Namenszug des wahren Künstlers *C. FABRITIUS* freigelegt. Durch die öffentliche Ausstellung begann man langsam den Wert und die große Bedeutung des Werkes zu erkennen – das Bild startete seinen Siegeszug durch die Kunstgeschichte. Die diebischen Franzosen wurden so unbeabsichtigt zu Fabritius-Förderern. Als Napoleon im Juni 1815 nach der Niederlage von Waterloo endgültig abdanken musste, kam der größte Teil der Schweriner Kunstschätze nach Mecklenburg zurück. Einige Werke befinden sich allerdings noch heute in Frankreich.

Der Raub der Bilder schärfte das Bewusstsein der Beraubten für ihre Schätze. Die ersten öffentlichen Museen in Deutschland, die Bürgermuseen, entstanden, sie sind ohne den Napoleonischen Kunstraub nicht denkbar. In Schwerin sollte es aber noch bis 1882 dauern. Erst dann wurde auf dem Alten Garten das *Museum für Künste und Alterthümer*, das heutige Staatliche Museum, eröffnet. Mit der fulminanten »Torwache« von Fabritius.

Krummer Hund

Schwindeleien im Elektrizitätswerk

Ende Mai 1914 elektrisiert eine Nachricht die Residenzstadt Schwerin: Ein Mitglied der Hautevolee stellt sich als Hochstapler, als krummer Hund, heraus. Er wird am Pfingstsonnabend festgenommen und kommt ins Landgerichtsgefängnis in Untersuchungshaft. Den Honoratioren der Stadt, die noch vor Kurzem zusammen mit ihm, ihre eleganten Gehstöcke schwingend, über den Marktplatz spazierten, beschlagen die Monokel: »Das ist ja ein dicker Hund!« Die Meldung, der Direktor des Elektrizitätswerkes Arthur Schröder habe gefälscht und unterschlagen, fährt ihnen wie ein Stromschlag unter ihre Fracks und Hüte und bringt die gezwirbelten Schnurrbärte zum Summen.

Tatsächlich ist Monsieur Schröder formidabel auf den Hund gekommen. Seit Sommer 1912 leitet der gebürtige Berliner das Elektrizitätswerk, das, einem kleinen Schloss ähnelnd, am Nordufer des Schweriner Pfaffenteiches steht. Unter seiner Führung hat das Werk im Mai 1913 seine Leistung um 640 Pferdestärken erhöht, weil zwei neue Teeröl-Dieselmaschinen aus Hannover in einem neuen Flügelanbau ihren Betrieb aufnahmen. Schröder verkehrt – im Verein für mecklenburgische Geschichte und Altertumskunde – mit angesehenen Männern wie Staatsminister Graf von Bassewitz-Levetzow, dem Geheimen Archivrat Dr. Grotefend, Landgerichtspräsident Brückner, Landbaumeister Rudolf Wittmann und Forstrechnungsrat Paul Wilhelmi. Und nun dieser Skandal!

Strom-Maestro Schröder war, bevor er nach Schwerin kam, beim Sachsenwerk in Dresden tätig. Am Pfaffenteich erweist sich der Elektrizitätsleiter als vollendeter Nichtleiter, der – hundsgemein – aus Geltungs- und Gewinnsucht seine Drähte zog. Das *Tageblatt für Vorpommern* ist empört: *»Man muß sich fragen, wie er sein Treiben in den engen Verhältnissen der kleinen Residenz so lange fortsetzen konnte, obwohl seine sehr mangelhafte Vorbildung nicht verborgen bleiben konnte. Eine Erklärung dafür ist darin zu finden, daß seine Anstellung gewissermaßen einem Konflikt zwischen Stadtverwaltung und Regierung entsprang«.* Tatsächlich wollte der Schweriner Magistrat, die Spitze der Stadtverwaltung, als der Posten 1912 ausgeschrieben war, unbedingt einen Diplom-Ingenieur als Direktor anstellen und setzte seinen Willen bei der mecklenburgischen Regierung durch. Die Ironie des Schicksals wollte es, dass die Stadt dann gerade keinen Diplom-Ingenieur bekam. Bald stellten sich im Werk allerlei Mängel heraus, denen der Ampere-Maître ratlos gegenüberstand, so dass immer wieder auswärtige Sachverständige hinzugezogen werden mussten. Dem Magistrat war der Fehlgriff sehr

*Im Schweriner Elektrizitätswerk
betrieb der falsche Direktor seine Betrügereien.*

unangenehm. Er zögerte darum lange, die Vergangenheit des Volt-Verwalters durch Erkundigungen festzustellen. Schröder wollte an den technischen Hochschulen Karlsruhe und Darmstadt studiert haben. Nachfragen ergaben schließlich, dass er dort unbekannt war und kein Zeugnis erhalten hatte. Daraufhin wurde der Schwindler verhaftet.

Nun stellt sich heraus, dass er kein Abiturium, nicht einmal ein Einjährigenzeugnis und keine Hochschulbildung besitzt. Sein Zeugnis, das ihn als Diplom-Ingenieur für Elektrotechnik ausweist, ist gefälscht. Schröder ist dafür beim Notar Nieske in Schwerin gewesen und hat diesem ein eingerahmtes, auf seinen Namen lautendes Diplom mit der Bitte vorgelegt, davon eine beglaubigte Abschrift anzufertigen. Das Diplom war von der Technischen Hochschule in Darmstadt ausgestellt. Die Urkunde selbst war echt, lautete ursprünglich aber auf einen anderen Namen, den Schröder – ein aalglatter Hund – geschickt ausradiert und durch seinen Namen ersetzt hatte. Die Fälschung fiel dem Notar nicht auf, so dass er die beglaubigte Abschrift ausfertigte.

Die Ermittlungen fördern Weiteres zutage: Der Pseudodirektor ist bereits wegen Urkundenfälschung mit Gefängnis vorbestraft, er hat etliche Geschäftsleute um Beträge in verschiedener Höhe geprellt und als Direktor aus den Kassen, die ihm in Schwerin anvertraut waren, 3 500 Mark unterschlagen. Das ist wirklich ein dicker Hund! Das Schwurgericht Güstrow verurteilt den 39-Jährigen darum am 4. Dezember 1914 wegen Urkundenfälschung zu einem Jahr Zuchthaus und wegen Unterschlagung amtlicher Gelder zu zwei Jahren Gefängnis, umgewandelt in ein Jahr Zuchthaus. Außerdem werden ihm die bürgerlichen Ehrenrechte für drei Jahre aberkannt. Dem krummen Hund geht es nun hundeelend, er kann nicht mehr herumstromern, sondern wird entschlossen in eine geschlossene Anstalt befördert.

STERNBERG
Hostien

Der Pogrom gegen mecklenburgische Juden 1492

Wenn Menschen nach Ursachen für ihre Probleme, ihr eigene Unzufriedenheit und ihre Ängste suchen, projizieren sie gern – eine sehr einfache Lösung – die Verantwortung auf Fremde, von der Norm Abweichende oder Andersgläubige. Schuld sind immer die anderen, ein Erklärungsmuster, das bequem und darum verführerisch ist. Denn eine genaue, differenzierte Auseinandersetzung und Aufarbeitung der eigenen Probleme ist schwierig, sie erfordert Energie, Wissen und Empathie und führt darum nicht zu einer schnellen, direkten Selbstentlastung. Die aufgestaute Wut der Menschen lässt sich zudem leicht missbrauchen und auf bestimmte Bevölkerungsgruppen lenken, zum Beispiel auf »Hexen«, »Zigeuner« oder Juden.

Im Lauf der Jahrhunderte kommt es weltweit immer wieder zu Judenverfolgungen, sogenannten Pogromen, so auch im Jahr 1492 in Mecklenburg. Während Kolumbus in diesem Jahr Amerika entdeckt und die Erkundung der Welt vorantreibt, werden aus Spanien die letzten Mauren sowie alle Juden vertrieben. In Mecklenburg führt ein religiöser Exzess von Kirche und Herzögen zu einer öffentlichen Massenverbrennung von 27 Juden.

Die Geschichte beginnt damit, dass – der Überlieferung nach – der Sternberger Vikar Peter Däne dem Sternberger Juden Eleasar zwei geweihte Hostien verkauft. Geweihte Hostien sind kleine runde Brotscheiben bzw. Brotstücke, die nach katholischem Glauben von einem Priester während eines Gottesdienstes – durch gesprochene Worte – in den tatsächlichen Leib von Jesus Christus verwandelt werden (Transsubstantiation).

Am 20. Juli 1492 heiratet die Tochter des Juden Eleasar in Sternberg, an der Hochzeit nehmen Juden aus ganz Mecklenburg teil. Während der Feier machen sie sich über die zwei geweihten Hostien lustig, stechen eine Hostie mit Nadeln und spitzen Metallstiften, aus der anderen Hostie wird eine menschliche Figur, die Hände und Füße hat, geschnitten. Dies ist in den Augen von Katholiken eine direkte Verletzung und Schändung des Leibes von Jesus Christus, ein schweres Verbrechen.

Gut einen Monat später zeigt der Vikar Peter Däne die Tat beim Schweriner Domprobst an. Er berichtet, die Frau des Juden Eleasar habe ihm am 21. August 1492 die zwei geschändeten Hostien, die sie zuvor vergeblich im Mühlbach versenken wollte, übergeben. Er selbst habe die Hostien dann aus Angst zunächst auf dem ehemaligen Fürstenhof in Sternberg vergraben. Dort werden sie am 29. August 1492 gefunden, scheinbar mit Blut, das von Jesus Christus stammt, rot verfärbt.

In Sternberg fand 1492 die Judenverfolgung statt.

Daraufhin lassen die Landesherren alle Mecklenburger Juden verhaften und sie am 22. Oktober 1492 in Sternberg »peinlich befragen« – also foltern. Im Ergebnis der Verhöre werden 65 Juden für schuldig befunden, fünf sollen die Hostien durchstochen und 60 Juden sollen Beihilfe geleistet haben. Es werden insgesamt 27 Todesurteile gefällt, die zwei Tage später, am 24. Oktober 1492, vor den Toren Sternbergs in Anwesenheit etlicher geladener Fürsten und Bischöfe vollstreckt werden. Der Hügel, auf dem die 27 Juden auf dem Scheiterhaufen verbrannt werden, wird noch heute Judenberg genannt.

Nach dem Sternberger Pogrom müssen alle Juden – insgesamt 247 Personen – Mecklenburg verlassen. Ihr Vermögen wird von den Herzögen eingezogen und sämtliche Schulden, die andere bei diesen Juden haben, für ungültig erklärt. Die jüdischen Gemeinden außerhalb Mecklenburgs verhängen daraufhin einen Bann über das Land. Dieser verbietet es Juden fortan, sich in Mecklenburg niederzulassen. Erst über 200 Jahre später, zu Beginn des 18. Jahrhunderts, siedeln sich wieder jüdische Familien in Mecklenburg an.

Sternberg wird um 1500 zum Wallfahrtsort. Tausende Pilger kommen jährlich, um die angeblich geschändeten Hostien mit dem »Heiligen Blut« und die Tischplatte, auf welcher der Hostienfrevel begangen worden sein soll, zu sehen. Dafür wird extra eine Kapelle an die Sternberger Stadtkirche angebaut, in welcher die Tischplatte noch heute zu sehen ist.

Auch aus Pommern werden die Juden 1492 vertrieben. Erst für das zweite Jahrzehnt des 16. Jahrhunderts ist der Aufenthalt von Juden in Pommern wieder nachweisbar.

Der Hutfilter

Wie Hinrik Kracht zu seinem Recht kommen will

Er ist ein mecklenburgischer Hans Kohlhase, der Handwerker Hinrik Kracht. Er zieht Ende der 1480er Jahre zwar nicht mordend und brandschatzend durch das Land, allerdings ähneln seine Sturheit und seine Streitlust vor Gericht der des berühmten Brandenburgers Kohlhase, den Heinrich von Kleist 1810 in seiner Novelle »Michael Kohlhaas« verewigt und zur Figur der Weltliteratur macht.

Hinrik Kracht lebt lange Zeit unauffällig in Wismar, er ist wohlhabend und rechtschaffen und betreibt in einem Haus in der Krämerstraße eine Hutfilterei, eine Hutmacherei. Eines Tages wird einer seiner Gesellen von anderen Hutfiltern, die in amtlichem Auftrag handeln, aus der Werkstatt geholt und gefangengesetzt. Der Geselle soll sich eines Vergehens – das nicht überliefert ist – schuldig gemacht haben. Meister Kracht protestiert. Während der Geselle sich später mit dem Amt der Hutfilter versöhnt, fühlt sich Kracht – dauerhaft und stark – in seiner Ehre verletzt. Dem Hutmacher geht der Hut hoch, er tobt und wütet und wird schließlich so aufsässig, dass er aus der Stadt gewiesen wird. Kracht sucht Hilfe in Westfalen, indem er dort mit Hilfe eines Verwandten vor einem sogenannten Feme- oder Freigericht, das reichsweit kaiserliches Recht sprechen kann, klagt.

Kracht beschuldigt die Wismarer, dass sie seinen Gesellen ohne nachvollziehbaren Grund verhaftet, außerdem seine Tochter, die zu diesem Zeitpunkt im Wochenbett lag, beraubt und ihn selbst ohne Recht und Gericht aus der Stadt vertrieben hätten. Die Sache soll am 24. November 1489 vor dem Femegericht im Kirchspiel Laer nordwestlich von Münster verhandelt werden.

Da die Wismarer wenig Lust verspüren, dort zu erscheinen, wenden sie sich an ihre Landesherren, die mecklenburgischen Herzöge Magnus II. und Balthasar. Diese fordern das Femegericht per Brief auf, die Klage an sie nach Mecklenburg zu überweisen. Ein reitender Bote überbringt diesen Brief, eilig und sein Gesäß nicht schonend, nach Laer – doch am 24. November findet er weder Richter noch Kläger und schon gar nicht die Wismarer beim Gerichtstermin in Westfalen vor. Hinrik Kracht behauptet zwei Tage später, er sei irrtümlich zu Vergleichsverhandlungen nach Ratzeburg geladen worden, der Femerichter schiebt vor, auf Reisen gewesen und durch eine Überschwemmung am rechtzeitigen Erscheinen gehindert worden zu sein. Die gerichtliche Auseinandersetzung fällt aber nicht dauerhaft ins Wasser, sondern bleibt – beständig und meisterhaft – im Fluss.

Es entwickelt sich eine Prozessposse. Der Femerichter setzt einen neuen Verhandlungstermin für den 9. Februar 1490 an. Die dazu versandte gerichtliche Einladung heftet die Hausfrau Krachts am 21. Dezember 1489 an den Haus-

In Wismar nahmen die Streitigkeiten ihren Anfang.

türpfosten des Wismarer Bürgermeisters Gert Loste – das Stadtoberhaupt soll nicht behaupten können, von dem nächsten Termin nichts gewusst zu haben. Doch Loste und die Wismarer wehren sich und holen Zeugenaussagen gegen Kracht ein, darunter sogar die seines eigenen Schwiegersohnes. Der sagt aus, er verstehe die ganze Sache nicht, ihm und seiner Frau sei niemals ein Schaden entstanden, und mit der Klage Krachts hätten sie nichts zu schaffen, der Geselle Krachts sei damals wegen berechtigter Vergehen verhaftet worden. Die Wismarer erreichen so, dass Krachts Klage vom Westfalener Femegericht an die mecklenburgischen Herzöge überwiesen wird.

Die setzen einen neuen Gerichtstermin an: Beide Parteien sollen am 8. April 1490 in Schwerin zu einem Vergleich oder, falls daraus nichts werde, am 23. April in Boizenburg vor Gericht erscheinen. Kracht geht nicht darauf ein: Er erkennt die mecklenburgischen Herzöge nicht als Richter an. Diese sind daraufhin empört, lassen den Hutmacher, der sich noch in Ratzeburg aufhält, ausliefern und verhandeln am 7. Mai in Schwerin über ihn. Der Hutfilter leugnet, den Wismarer Stadtrat jemals verklagt zu haben, wird jedoch kräftig ins Gebet genommen, gibt schließlich klein bei und verzichtet auf alle Klagen. Vorerst.

Denn er wirft seinen Hut erneut in den Ring, klagt weiter und ruft ein anderes Femegericht im westfälischen Arnsberg an. Dort kommt es am 19. September 1491 zur nächsten Verhandlung. Hinrik Kracht scheitert jedoch mit all seinen Vorwürfen und wird verurteilt, der Stadt Wismar die Unkosten zu ersetzen, die durch die Gerichtsprozesse entstanden sind, immerhin handelt es sich dabei um 200 rheinische Gulden.

Ob der hadernde Hutmacher das Geld jemals bezahlt, ist nicht überliefert. Er nimmt seinen Hut und verschwindet im Dunkel der Geschichte.

Der Hochzeitsmord

1559 wird Helmuth von Plessen erstochen

Am 29. September 1559 feiert der Adlige Daniel von Plessen, Gutsherr in Steinhausen nordöstlich von Wismar, seine standesgemäße Hochzeit. Er heiratet Margarethe von Krosigk. Zur Feier haben die Brautleute etliche Verwandten und Bekannten ihrer weitverzweigten Familien nach Wismar eingeladen.

Die Stimmung auf dem Fest ist ausgelassen, Spielleute sorgen für musikalische Unterhaltung. Sie schlagen die Laute und singen vom Paradies. Gebratene Fasane, Wildschweine am Spieß und saftige Ferkel werden aufgetragen, dazu gibt es Kuchen und Trauben. Bier und Wein fließen reichlich, hinzu kommt gebrannter Schnaps, der die Wangen rötet und die Kehlen schärft.

An der Hochzeit nehmen auch verschiedene Mitglieder der Familie von Stralendorff teil. Damit erhält die Feier eine besondere Würze. Denn die Plessens und die Stralendorffs – sie lieben und sie hassen sich, die Familien sind untereinander verheiratet und verfeindet. Die Blaublütigen streiten sich seit langem heißblütig um Güter in Mecklenburg – und sie verpflichten ihre Kinder, unromantische Ehen einzugehen, um die alte Feindschaft zu befrieden. Es ist ein Spiel, das nie endet.

An diesem Tag kommt es zum festlichen Fiasko, weil Joachim von Stralendorff – Gutsherr in Trams südöstlich von Wismar und verheiratet mit einer Margarethe von Plessen – in angetrunkenem Zustand außer Kontrolle gerät. Er stößt unflätige Flüche aus, dass die Hochzeitsdamen verstummen, er fletscht die Zähne, zwischen denen noch mecklenburgische Wildschweinlende hängt – und beginnt eine kräf-

tige Keilerei. Brüllend stürzt er sich, eine lange Tafel umsto-
ßend, auf den Gutsherren Helmuth von Plessen aus Brüel,
einen Verwandten des Bräutigams. Der unmittelbare Anlass
ist nicht überliefert, aber die Dolche sitzen damals locker in
den Gürteln der Gutsherren. Joachim von Stralendorff gebraucht zunächst seine Fäuste, zieht danach ein langes Messer und ersticht mit geübtem Schwung den Brüeler Konkurrenten. Die Hochzeitsgesellschaft stobt auseinander, und die
Feier wird abgebrochen.

Nach altem deutschem Rechtsbrauch ist es im Mittelalter
üblich, den Getöteten nicht zu begraben, bevor Rache oder
Sühne geübt worden ist. Der Leichnam wird vor Gericht gezeigt, um das geschehene Unrecht zu beweisen, in späteren
Zeiten wird die rechte Hand des Getöteten abgetrennt und
– als Symbol – dem Gericht übergeben. Die Richter senden
dann diese leibliche »tote Hand« (lateinisch: *manus mortua*)
dem mutmaßlichen Täter – als Mahnung, vor Gericht zu
erscheinen. Die Hand des Getöteten soll so den Täter sym-

Der Fürstenhof in Wismar:
In der Stadt kam es 1559 während einer Hochzeit zum Mord.

bolisch vor Gericht ziehen. In späterer Zeit wird die *manus mortua*, handelt es sich bei dem Ermordeten um eine Standesperson, durch eine Hand aus Wachs ersetzt.

Vorliegend ist der Wismarer Stadtrat zuständig, den Fall aufzuklären und den Täter zu bestrafen. Die Ratsherren schicken auf Bitte der Angehörigen des Getöteten eine wächserne Hand an Joachim von Stralendorff und fordern ihn damit auf, sich in Wismar vor Gericht zu verantworten. Doch der denkt nicht im Traum daran, vor Gericht zu erscheinen, er bekennt sich auch nicht zu seiner Tat und senkt stattdessen kampfeslustig die Hörner. Daraufhin gestattet das Gericht den Plessens, Blutrache an Stralendorff zu nehmen.

Aber die Plessens sind eine gesittete Familie. Sie töten nicht, sondern ziehen vor das Landgericht Güstrow. Reimar von Plessen, der Bruder des Ermordeten, strengt zwischen 1559 und 1561 eine Klage gegen Joachim von Stralendorff an und lässt diese am 3. Juli 1561 durch einen Prokurator im Güstrower Rathaus vor dem Landgericht mündlich vortragen. Stralendorff will sich nicht zu den Vorwürfen äußern, weil – er windet sich – die Klage nicht schriftlich an ihn übergeben, sondern nur vom Gerichtsnotar protokolliert worden sei. Doch das Gericht verfügt mit einem Bescheid vom 5. Juli 1561, dass er sich äußern müsse.

Was darauf folgt, ob Joachim von Stralendorff Stellung nimmt oder für seine Tat bestraft wird, ist nicht überliefert. Vermutlich bleibt der Hochzeitsmord ungesühnt. Die Hand aus Wachs zieht den Mörder nicht vor Gericht – dafür war der mecklenburgische Messerschwinger, neben seiner Uneinsichtigkeit, wohl auch zu schwer, weil zu wohlgenährt und wohlbeleibt.

ROSTOCK UND UMGEBUNG

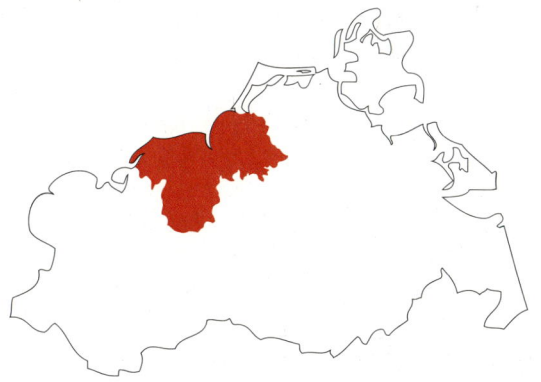

BAD SÜLZE
200 Zentner Erbsen

Wie Heinrich Nagel 1918 einen Frachtbrief fälschte

Im Dezember 1918, wenige Wochen nach der November-revolution in Deutschland und dem Zusammenbruch des Kaiserreiches, hält sich der schlitzohrige Kaufmann Hein-rich Nagel in Rostock und in Sülze – die Stadt heißt erst ab 1927 Bad Sülze – auf. Er will das Chaos dieser Tage, in dem Arbeiter- und Soldatenräte, Spartakisten, Sozialdemokraten und Kaisertreue um die Macht kämpfen, zu einem einträg-lichen Geschäft nutzen.

Nagel hat in Nütschow – fünf Kilometer südlich von Sülze – 200 Zentner Erbsen aufgetrieben, die er nun verkaufen möchte. Das Problem: Die Erbsen dürfen aus Mecklenburg nicht ausgeführt werden. So sucht Nagel nach Komplizen, die ihm behilflich sein könnten und trifft rasch auf den Kauf-mann Hans Linnenbrink. Die beiden beraten hin und bera-ten her, schließlich ersinnt Nagel eine Lösung: Sie fälschen einfach einen Frachtbrief, um die Erbsen unbehelligt trans-portieren zu können. Doch ihr Coup misslingt. Der Trans-port wird auf dem Güterbahnhof in Rostock angehalten, und die Erbsen werden ohne Entschädigung zugunsten der Kreis-behörde für Volksernährung beschlagnahmt. Gerade noch rechtzeitig können unsere beiden Gemüsegauner fliehen ...

Aber nach ihnen wird gesucht, jahrelang. Linnenbrink wird schließlich dingfest gemacht und 1922 vor das Schwurgericht Güstrow gestellt: Er erhält eine Gefängnisstrafe von fünf Mo-naten. Vom anderen Erbsenfreund, Heinrich Nagel, fehlt weiterhin jede Spur. Doch die Fahndung läuft weiter – bis man den Frachtbriefkünstler im Ruhrgebiet in Altenessen aufspürt und er sich am 12. Dezember 1922 ebenfalls vor dem Schwurgericht Güstrow verantworten muss.

Vier Jahre sind seit der Tat vergangen. Die *Mecklenburgische Tageszeitung* berichtet aus dem Gerichtssaal: *»Heute wird verhandelt gegen den Kaufmann Heinrich Nagel, zurzeit in Alten Essen, geboren am 5. Mai 1881 in Marlow, zweimal wegen Kriegsverbrechen mit Geldstrafe vorbestraft, der wegen Urkundenfälschung angeklagt ist. Dem Nagel wird zur Last gelegt, im Dezember 1918 in Rostock und Sülze gemeinschaftlich mit dem Kaufmann Hans Linnenbrink in Dortmund und dem Kaufmann Theodor Langenbach aus Aachen, um sich und jedenfalls auch um Linnenbrink einen Vermögensvorteil zu verschaffen, eine öffentliche Urkunde fälschlich angefertigt und von ihr zum Zwecke einer Täuschung Gebrauch gemacht zu haben, indem sie einen Frachtbrief, der nur mit dem Stempel der Kreisbehörde in Ribnitz versehen war, unbefugt mit der Unterschrift dieser Behörde und dem Vermerk, daß die Ausführung des Frachtgutes von ihr genehmigt werde, versahen und diesen gefälschten Frachtbrief der Eisenbahnstation in Sülze einreichten, um so die Beförderung von 200 Zentnern Erbsen zu erreichen, deren Ausfuhr sonst verboten war.«*

Erbsen brachten den Gemüsegaunern letztlich kein Glück.

Heinrich Nagel bestreitet forsch, das Dokument gefälscht oder jemanden zu einer solchen Tat angestiftet zu haben. Von manipulierten Frachtpapieren will er überhaupt erst kürzlich – bei seiner ersten Vernehmung durch den Untersuchungsrichter in Rostock – gehört haben. Ja, die Erbsen habe er damals in Nütschow erworben und zunächst durch Linnenbrink an einen Mann namens Petersen in Hamburg veräußert; da von dort aber kein Geld gekommen sei, habe er, Nagel, die Hülsenfrüchte dann an Theodor Langenbach verkauft, der sie für die Chemischen Werke Lothringen GmbH in Herne verwenden wollte.

Staatsanwalt und Richter sind, damit hat Nagel nicht gerechnet, keine Knallerbsen, sondern nervende Fragesteller und – beim Aufdecken von Widersprüchen – pingelige Erbsenzähler. Die Verhandlung ergibt: Nagel hat damals Linnenbrink angestiftet, auf den Frachtbrief mit Tinte zu schreiben »Ausfuhr genehmigt, Kreisbehörde Ribnitz«. Linnenbrink schrieb außerdem mit einer Schreibmaschine, nach Diktat Nagels, auch die Adresse auf den Frachtbrief.

Nun versucht sich Nagel herauszureden: Er habe früher einmal mehrere mit dem Stempel der Kreisbehörde in Ribnitz versehene Frachtbriefformulare vom Rat der Stadt Marlow erhalten, für Obst- und Gemüsesendungen. Von diesen habe er ein Formular übrig behalten und es Linnenbrink gegeben. Faule Ausreden. Wie die weitere Beweisaufnahme ergibt, hat Nagel bei dem Erbsen-Geschäft einen Verdienst von 10 000 Mark erzielt, von dem der größte Teil in seine Tasche geflossen ist.

Das Schwurgericht verurteilt Heinrich Nagel wegen Fälschung einer öffentlichen Urkunde in gewinnsüchtiger Absicht. Es erkennt aber auch mildernde Umstände an. So kommt der Kaufmann mit einer Gefängnisstrafe von fünf Monaten davon.

Genius loci

Auf dem Hinterhof der Gödenstraße 6

Der Arbeitstag des Mechanikers Bülow war anstrengend und sehr heiß, sein Meister hat getobt und – wie üblich – seine Ehe- und Alltagsprobleme an seinen Arbeitern ausgelassen. Bülow ist nach Arbeitsschluss grimmig nach Hause getrottet und hat sich umgehend auf den Abort, der im Hof des Mietshauses in der Gödenstraße 6 in Bützow steht, zurückgezogen. Im Herzhäuschen, das von allen vier Familien des Hauses genutzt wird, will der Mann seinen abendlichen Frieden finden. Doch herrje, plötzlich wird es laut vor dem stillen Örtchen.

Es ist der 24. Juni 1919. Der Mechaniker sitzt auf dem Donnerbalken und wird Ohrenzeuge eines Streites, der sich auf dem Hof abspielt: Ein Mieter, der Schneidermeister Knuth, stellt den Vermieter – den Bürstenmacher Eduard Lenz, der gerade seine Kaninchen füttern will – zur Rede. Lenz hat das Grundstück vor einem Jahr gekauft, dann vermietet und schon bald die Mieten erhöht. Auch für die Familie Knuth hat er die Miete im April 1919 angehoben und deshalb bereits vor einiger Zeit einen lebhaften Dialog mit dem Schneider gehabt.

Nun geraten die Hitzköpfe auf dem Hinterhof zwischen Herzhaus, Holzmiete und Kaninchenstall erneut aneinander. Der Schneider ist wütend, weil er heute einen Brief vom Vermieter erhalten hat: Der hebt die Miete weiter an und kündigt Knuth die Wohnung zum 1. Oktober, angeblich um die Zimmer selbst zu beziehen. Knuth springt herum wie das tapfere Schneiderlein: »Ich nehme die Kündigung nicht an! Das ist ein Erpresserbrief. Ich werde mich an das Mieteinigungsamt wenden!« Lenz hebt die Schultern und schlurft weiter: »Ist gut, mach das.« Dann kommt es jedoch zu einem lebhaften Handgemenge. All dies vernimmt der Mechaniker Bülow in der Horchzentrale des Hofes, dem Abort. Er stürzt heraus und findet Knuth blutend am Boden liegen, neben ihm vibriert ein Knüppel.

Was ist passiert? Der 11-jährige Werner Knuth, der Sohn des Opfers, hat gesehen, wie sein Vater neben Lenz den Hof entlang gegangen ist, wie der Vermieter von einem Holzhaufen einen Stock genommen und damit dem Vater einen qualifizierten Schlag auf den Kopf versetzt hat. Auch andere Bewohner des Hauses beobachten die Darbietung, unter ihnen der Malergeselle Knüttel. Er läuft sofort auf den Hof, sieht, dass Lenz zu einem zweiten Schlag ausholt, packt ihn aber flugs an der Kehle, so dass der Vermieter den Knüppel fallen lässt. Die Szenen sind tragikomisch. Der Genius loci, der Geist des Ortes, scheint neben Gewalt, die aus Armut, Frust und Niedertracht erwächst, auch filmreifen Slapstick hervorzubringen: Während Vermieter Lenz einen Schnei-

Hokuspokus vor dem Lokus.
1919 wird der Schneider Knuth in Bützow erschlagen.

der bürstet – behorcht aus dem Abort von einem Mechaniker –, saust Maler Knüttel herbei und nimmt einem tanzenden Knüppel den Schwung. Damit endet der schlagkräftige Hokuspokus vor dem Lokus.

Sofort wird ein Arzt geholt, der den Verletzten verbindet und ins Bett schickt. In der Nacht verliert der Schneider das Bewusstsein. Als der Arzt morgens gegen sieben Uhr zum vierten Mal gerufen wird, ist Knuth tot. Noch am selben Tag erfolgt die Leichenöffnung und ergibt, dass der Tod durch eine Gehirnlähmung herbeigeführt worden ist, die von einem starken Bluterguss in der Schädelhöhle herrührt. Vier Monate später, am 27. Oktober 1919, muss sich der Täter vor dem Schwurgericht Güstrow verantworten. Die *Mecklenburger Nachrichten* berichten über die Verhandlung: *»Als Angeklagter erscheint [...] Eduard Lenz aus Bützow, 52 Jahre alt, Vater von 2 Kindern, vorbestraft wegen Hehlerei, Diebstahls, Beleidigung und Bedrohung. Er ist angeklagt, am 24. Juni d. J. in Bützow den Schneidermeister Knuth vorsätzlich mittels gefährlichen Werkzeugs körperlich mißhandelt und dadurch seinen Tod verursacht zu haben.«* Lenz gibt vor Gericht zu, sein Opfer mit einem dünnen Stück Holz geschlagen zu haben, behauptet aber, dass Knuth ihn zuerst angegriffen habe. In seiner Erregung habe er, Lenz, ein Stück Holz genommen und damit auf Knuth losgeschlagen, aber nur, um ihn auf die Schulter zu treffen. Infolge der Abwehrbewegung des Schneiders habe er jedoch dessen Kopf getroffen.

Die Geschworenen beraten über den Fall und verkünden schließlich ihr Urteil: Der Angeklagte erhält – man berücksichtigt mildernde Umstände – eine Gefängnisstrafe von einem Jahr und sechs Monaten. So geht der Hinterhofzirkus glimpflich für den Täter aus. Der Genius loci ist gnädig und bürstet nicht so kräftig wie Herr Lenz selbst.

Der Brand

Die Geschichte der Christina Leppin

Es beginnt am 4. Februar 1790, an diesem Tag wird Christina Leppin in Thorstorf sechs Kilometer nördlich von Grevesmühlen geboren. Ihr Vater, ein armer Tagelöhner, hat keine Mittel, um seinen sieben Kindern gute Ausbildungen zu ermöglichen. Christina muss sich um ihre jüngeren Geschwister kümmern, hütet Kühe, geht nicht zur Schule. Als sie zehn Jahre alt ist, stirbt ihre Mutter, eine Stiefmutter zieht in den Haushalt ein. Christina bleibt auf sich allein gestellt. Als sie 14 Jahre alt ist, besucht sie erstmals acht Wochen lang die Winterschule, ein Jahr später erneut, sie lernt lesen sowie einige Sprüche aus der Bibel und ein paar Gesänge.

Nach ihrer Konfirmation arbeitet sie zwei Jahre lang als Kinderwärterin in den unweit gelegenen Orten Wichmannsdorf und Reppenhagen und wandert dann zusammen mit zwei Mädchen nach Lübeck, um dort eine Anstellung zu finden. Die junge, ahnungslose, gut aussehende Frau wird jedoch von einer Kupplerin in das Farnitz'sche Bordell gebracht und gerät dort in einen Strudel aus Abhängigkeiten und Kriminalität. Nach drei Jahren als Prostituierte in Lübeck geht die 20-Jährige nach Hamburg und arbeitet dort weitere sechs Jahre in verschiedenen Bordellen. Wegen eines Diebstahls wird sie ergriffen und erhält am 13. Juni 1816 in Hamburg eine Strafe. Sie wird mit der Bezeichnung »diebische Hure« an den Schandpfahl gestellt, dann für sechs Wochen ins Spinnhaus gesteckt und am 1. August 1816 aus der Stadt verwiesen.

Christina Leppin kehrt nach Mecklenburg zurück. Sie leidet inzwischen an einem Fistelschaden an der Lende, wandert umher und bettelt. Monatelang hält sie sich in Spitälern und Gefängnissen auf, zum Beispiel in Grevesmühlen, Schwerin und zuletzt im Landarbeitshaus Güstrow. Im Juni 1821 schließlich tritt sie in die Dienste des Bäckermeisters Peters in Güstrow.

In seinem Haus bricht am Sonntag, den 19. August 1821, abends ein Feuer im Hintergebäude auf dem Strohboden aus. Der Brand kann gelöscht werden, es entsteht jedoch ein Schaden in Höhe von 2000 Talern. Christina Leppin gerät in Verdacht, das Feuer gelegt zu haben. Sie wird – nachdem sie zunächst aus Güstrow verschwand, steckbrieflich gesucht wurde und dann freiwillig zurückkehrte – verhaftet, mehrfach vernommen und gesteht schließlich, den Brand mit einer glühenden Kohle aus dem Küchenherd, die sie auf den Strohboden brachte, verursacht zu haben. Zuvor habe sie aus der neben dem Strohboden befindlichen Mädchenschlafkammer einige Tücher, Kleidungsstücke und etwa

In Güstrow brach am 19. August 1821
im Hause des Bäckermeisters Peters ein Brand aus.

acht Taler gestohlen. Wollte sie ihren Diebstahl durch das Feuer verbergen? Danach wird sie seltsamerweise nicht befragt. Bis Februar 1822 folgen weitere Verhöre und Nachforschungen, dann ruht die Untersuchung ein volles Jahr und wird erst im Februar 1823 wieder aufgenommen. Jetzt widerruft Leppin ihr Geständnis, man habe ihr im Verhör gesagt, sofern sie die Brandstiftung zugebe, komme sie auf freien Fuß. Den Diebstahl räumt sie weiterhin ein. Gleichwohl verurteilt die Großherzogliche Justiz-Canzlei in Güstrow die Angeklagte am 10. Juli 1824 zum Tod durch das Schwert.

Doch ihr Verteidiger, der Rostocker Advokat Dr. Georg Christian Friedrich Crull, deckt Widersprüche und Versäumnisse bei den Ermittlungen auf. So kann der Brand auch aus Unachtsamkeit entstanden sein, denn die Ehefrau des Bäckers hatte am Unglückstag mittags Herdasche zu einer Tonne, die in der unmittelbar neben dem Strohboden befindlichen Vorratskammer stand, gebracht. Vielleicht war ein Stück Kohle heruntergefallen und hatte später das Feuer entzündet. Außerdem sei das Geständnis der Leppin nicht zu verwerten, weil es durch Täuschung zustande gekommen und das Protokoll des Geständnisses vom Güstrower Notar Denitz angefertigt worden sei, der über keine Vereidigung als Protokollant verfügt habe. Ein Formfehler.

All das führt dazu, dass die Todesstrafe in eine lebenslängliche Zuchthausstrafe umgewandelt wird. Doch der Verteidiger zieht in die dritte Instanz: vor das Ober-Appellationsgericht Parchim. Dies entscheidet am 13. Oktober 1828, dass Christina Leppin lediglich wegen Diebstahls zu einem Jahr Zuchthaus zu verurteilen sei. Da hat sie allerdings bereits sieben Jahre in Haft verbracht.

Ob sie eine Haftentschädigung erhält, ist unbekannt.

Das Wachsmännchen

Wie Fürst Albrecht II. beseitigt werden sollte

Hohenfelde gehört zu den ältesten Dörfern in Mecklenburg, bereits 1177 wird es zum ersten Mal schriftlich erwähnt: In einer Urkunde zählt der Schweriner Bischof Berno diejenigen Orte auf, die dem Kloster Doberan vom Landesfürsten geschenkt werden, darunter auch Putecha, so heißt Hohenfelde damals noch.

Das Dorf liegt auf einem Hügelrücken, zwei Kilometer südlich von Doberan, weit entfernt von Papst, Kaiser und Reichspolitik. Doch zu Beginn des 14. Jahrhunderts gerät Hohenfelde in die Auseinandersetzungen zwischen dem Doberaner Kloster und seinem Mutterkloster Amelungsborn in Sachsen (heute Niedersachsen). Es geht dabei um das Paternitäts-, Aufsichts- und Visitationsrecht, also um Kontrollrechte der Geistlichen in ihrem Gebiet. Die Doberaner behaupten, dass Einheimische, also mecklenburgische Gläubige, bei der Aufnahme als Mönche oder Konversen (Klosteranwärter) benachteiligt werden gegenüber den Bewerbern aus Amelungsborn.

Der damalige Herrscher Albrecht II., Fürst zu Mecklenburg, will in diesem Streit schlichten. Das wollen einige sächsische Geistliche offenbar verhindern: Sie versuchen im Mai 1336 Albrecht II. auf dem Klosterhof in Satow bei Rostock zu vergiften. Doch der Anschlag misslingt, stattdessen stirbt Albrechts Diener, der Schildknappe Johann von Platen. Ob er allerdings tatsächlich einem Giftmord zum Opfer fällt, ist in der Forschung umstritten.

Fakt ist, dass wenig später drei sächsische Mönche – die Laienbrüder Johann Unverfert, Johann Langhals und Johann

Oldendorp – mit einem Schadenszauber Albrecht II. beseitigen wollen. Sie suchen Margarete Genseke in Hohenfelde auf, eine Frau, die schwarze Magie beherrschen soll. Genseke fertigt auf Anweisung der Mönche ein menschenähnliches Wachsmännchen (Idol) an, tauft es feierlich im Namen des Teufels in Gegenwart dreier Paten und salbt es mit heiligem Öl. Anstelle von Adern und Nerven zieht sie der Wachspuppe, die sie »Manoliken« nennt, Fäden aus Wolle und Leinen ein. Diese Fäden sollen wie Kerzendochte entzündet werden, die Figur zum Schmelzen bringen und so die betreffende Person, also Albrecht II., schwächen. Wenn das Feuer das Herz erreicht, soll die Person sterben.

In Hohenfelde wurde das Wachsmännchen angefertigt.

Doch Fürst Albrecht erfährt von dem Vorhaben. Er begibt sich am 20. Juli 1336 nach Hohenfelde und lässt sich Margarete Genseke vorführen. Sie bekennt sofort freiwillig alles und nennt die drei Hintermänner. Daraufhin wird sie nach Doberan gebracht und muss vor einer großen Menschenmenge, die sich vor der Klosterpforte versammelt hat, das Geständnis wiederholen.

Noch am selben Tage wird Margarete Genseke auf Befehl des Fürsten nach Kröpelin gebracht und dort in Gewahrsam gehalten. Am 22. Juli erscheint Albrecht II. selbst in der Stadt und leitet persönlich das Gerichtsverfahren. Die Frau legt auch jetzt wieder ein Geständnis ab: Sie habe anstelle von Adern und Nervenbahnen in das Wachsmännchen, das aus der Wohnung der Angeklagten herbeigeschafft worden ist, Fäden aus Werg und Leinen eingearbeitet – als Dochte. Obwohl der eigentliche Schadenzauber noch gar nicht stattgefunden hat, wird Margarete Genseke zum Tod verurteilt und am 22. Juli 1336 in der Nähe der Stadt Kröpelin, vermutlich auf dem Galgenberg, auf dem Scheiterhaufen verbrannt. Es ist die erste bekannte Hexenverbrennung in Mecklenburg.

Und die Anstifter? Die drei sächsischen Mönche können mit Hilfe des Doberaner Abtes zunächst nach Rostock und dann außer Landes flüchten, sie werden mit Geld, Unterkunft und Pferden unterstützt. Zwar spricht Fürst Albrecht II. über die Männer den Bann aus und erklärt sie für vogelfrei, doch sie bleiben unbehelligt.

Ein Jahr später, 1337, wird einer der Flüchtigen in weltlicher Kleidung in Neubukow ergriffen und verhaftet. Doch wiederum sorgt der Doberaner Abt für die Freilassung des Mannes. Die Anstifter des Schadenzaubers müssen sich also nie vor Gericht verantworten – Margarete Genseke hingegen stirbt auf dem Scheiterhaufen.

Stärker als die Wahrheit

Wie der Bauer Steffen Janecke in den Suizid getrieben wird

Nach dem Dreißigjährigen Krieg ist halb Europa traumatisiert, denn eine solche Barbarei mit jahrzehntelangen massiven Grausamkeiten gab es nie zuvor. Zwischen 1618 und 1648 wird die Bevölkerung im Heiligen Römischen Reich Deutscher Nation schätzungsweise um 20 bis 45 Prozent reduziert. Vor dem Krieg leben 16 Millionen Menschen im Reich, danach nur noch zehn Millionen. In Mecklenburg und Pommern – hier wüten Soldateska, Hunger und Seuchen mit am schlimmsten – sterben in manchen Orten mehr als 70 Prozent der dort Wohnenden. Der Krieg fördert den Verfall von Sitten und Moral. Gier, Neid und Aberglauben breiten sich aus und bleiben auch in den Jahrzehnten nach Ende des Krieges gegenwärtig.

In Rethwisch nördlich von Doberan lebt zu dieser Zeit der Bauer Steffen Janecke mit seiner Familie. Janecke, vor 1614 geboren, ist ein fleißiger Mann, der sein Feld bestellt und sich nichts zu Schulden kommen lässt. Doch mit einem Nachbarn, Peter Alwardt, liegt er im Streit. Im Laufe der Zeit häufen sich die Unstimmigkeiten und erzeugen schließlich eine gefährliche Missgunst, so dass Janecke eines Tages von Alwardt beschuldigt wird, ein Hexenmeister zu sein. Beweise muss der Nachbar nicht vorlegen, es genügen Behauptungen.

Steffen Janecke will die Anschuldigung nicht auf sich sitzen lassen, in seinen Augen ist alles üble Nachrede und Verleumdung. Er fährt nach Doberan aufs Amt, um die Sache zu klären. Doch Peter Alwardts Vorwurf ist schwerwiegend, beide Männer müssen im Amt erscheinen.

Sie warten zwei Stunden. Während dieser Zeit schwirren die Gedanken in Janeckes Kopf umher: Was ist, wenn er nicht glaubhaft machen kann, dass er unschuldig ist? Wenn Alwardt frech bei seiner Behauptung bleibt? Wenn die alte Geschichte wieder hervorgeholt wird, in der er, Janecke, schon einmal der Hexerei verdächtigt worden ist?

Der Schweiß tritt dem Bauern auf die Stirn, er stiert auf seine Hände. Ist nicht in Rostock gerade wieder eine Hexe hingerichtet worden? Dann werden die Behörden bestimmt auch mit ihm kein Erbarmen haben, obwohl er doch unschuldig ist. Aber besitzt er Beweise gegen die von seinem Nachbarn erhobenen Bezichtigungen? Was soll aus seiner Familie werden, wenn, ja wenn …

Es ist irrational: Die Macht der Verleumdung arbeitet in Janeckes Gehirn und ist schließlich stärker als Wahrheit und Vernunft. Seine Angst siegt.

Bauer Janecke lebte in Rethwisch.

Hals über Kopf stürzt der Bauer aus dem Amt. Er kehrt nicht mehr auf den familiären Hof zurück, sondern versteckt sich. Die Häscher sollen ihn nicht bekommen, ihn nicht, er ist unschuldig. UNSCHULDIG!

Die Häscher suchen und finden Steffen Janecke schließlich nach einigen Tagen in einem Wald nördlich von Rethwisch. Er ist tot. Die Angst hat ihm den Verstand geraubt, so dass er sich einen Strick aus Bast angefertigt hat. Man findet ihn *»an einem Eichenbaum erhenket ... jedoch daß Er mit den Füßen auff der erden gestanden und den Hutt auffem Kopfe gehabt«.* Sein Todestag ist unbekannt, sein Suizid im Kirchenbuch nicht erwähnt.

Der Doberaner Amtsmann verfasst am 25. April 1667 einen Bericht an Herzog Christian Ludwig I. von Mecklenburg-Schwerin und bittet um Anweisungen, wie in der Angelegenheit weiter zu verfahren sei. Einen Tag später erhält er die Antwort. Daraufhin wird Janeckes Körper *»durch den Frohnen«*, den Scharfrichter, abgenommen und von ihm *„in loco infami"*, an ehrlosem Ort, begraben. Menschen, die sich selbst getötet haben, dürfen nicht in der heiligen Erde des Kirchhofes ruhen.

Verleumdungen sind im 17. Jahrhundert stärker als die Wahrheit. Wirkliche Beweise werden nicht gebraucht. 1679 und 1701 finden zwei Hexenprozesse gegen einen zweiten Steffen Janecke aus Rethwisch, vermutlich den Sohn, statt. Wie sie ausgegangen sind, ist ungewiss. Aber der Suizid des alten Bauern wird als Indiz gewertet worden sein – nach dem Motto: In dieser Familie verfügen alle über Zauberkräfte und übernatürliche Fähigkeiten.

Zweifel? Vielleicht. Aber im Zweifel – gegen den Angeklagten.

RIBNITZER HEIDE, ROSTOCK
Das Exempel

Die Hinrichtung des Vollrat von der Lühe 1549

Wohl kaum ein Kriminalfall in der Rostocker Geschichte ist so umstritten gewesen wie dieser. Überliefert wurde er nicht nur in Gerichtsakten, Chroniken und verschiedenen Publikationen, sondern auch in drei Liedern, die wahrscheinlich von Bänkelsängern auf Marktplätzen dem Publikum vorgetragen wurden. Die besungenen Ereignisse schildern einen Raubüberfall in der Ribnitzer Heide und dessen Folgen.

Mitte des 16. Jahrhunderts sind die Straßen in Mecklenburg sehr unsicher. Gefährlich ist vor allem das große Waldgebiet zwischen Rostock und Ribnitz. Räuberbanden, die oft aus Adligen sowie deren Freunden und Knechten bestehen, fallen über Reisende her und plündern sie aus.

Am 11. April 1549 ist ein Fuhrmann zwischen Ribnitz und Willershagen unterwegs. Auf seinem Wagen reisen fünf wohlhabende Männer mit. Plötzlich brechen 18 Reiter aus dem Dickicht hervor und zwingen die Reisenden, ihre Wertsachen herauszugeben: Ein junger Kaufmann aus Amsterdam verliert dadurch 600 Taler, etliche Schmuckstücke und seinen Reisesack, ein Kaufgeselle aus Holland wird um 21 Goldstücke erleichtert, zwei Kaufleuten aus Lübeck und Greifswald werden ihre ungarischen Gulden abgenommen. Der fünfte Reisende, ein junger Adliger aus Schlesien, wehrt sich und wird angeschossen. Dem Fuhrmann rauben die Banditen acht Taler und seine Pferde im Wert von 1000 Gulden. Dann sprengen sie davon.

Der Ribnitzer Stadtreiter Schermer nimmt mit sechs Männern die Verfolgung der Bande auf, wagt sich aber erst an sie heran, als er in Teterow Hilfe von Bürgern erhält. Die jagen die Flüchtigen in ein Holz, erwischen aber nicht mehr als zwei Pferde und einen Rock.

Inzwischen ist die Nachricht des Überfalles auch nach Rostock gedrungen. Zugleich wird bekannt, dass in Roggentin bei Rostock mehrere Adlige samt ihren Dienern mit erheblichen Geldern und Kleinoden bei dem Bauern Hans Schipmann abgestiegen seien. Sind das etwa die Gesuchten?

Die Rostocker reagieren umgehend, senden am 12. April etwa 40 bis 50 berittene Stadtsoldaten nach Roggentin und nehmen dort vier Adlige und deren Knechte gefangen. Es handelt sich um die Brüder Vollrat und Otto von der Lühe aus Thelkow, Jasper von Bülow aus Groß Siemen sowie den Livländer Konrad von Uexküll. Die Adligen werden mit allem, was bei ihnen gefunden wird – goldene Ketten, Kleinode, Geld, Schwerter, Kleider und Pferde – nach Rostock ins Gefängnis gebracht.

In Rostock wurde Vollrat von der Lühe am 7. Juni 1549 hingerichtet.

Der Herzog interveniert und fordert die Auslieferung der Männer, da sie in einem herzoglichen Dorf festgenommen worden und adlig seien. Somit habe das herzogliche Landgericht in Güstrow über sie zu entscheiden. Doch Rostock beruft sich auf ein Privileg von 1459, das der Stadt erlaube, alle in der Heide aufgegriffenen Räuber selbst zu richten. Auch alle weiteren Interventionen des Herzogs in den folgenden Wochen bleiben erfolglos.

Vollrat von der Lühe und seine Diener gestehen unter der Folter eine Reihe von Raubüberfällen und die Ermordung eines als Krämer in Mecklenburg umherziehenden Schotten und seiner Frau. Später widerruft von der Lühe seine Aussagen. Tatsächlich ist er kein unbeschriebenes Blatt, aber an dem Überfall bei Willershagen ist er wohl nicht beteiligt gewesen. Jedenfalls erkennen ihn die Beraubten bei einer Gegenüberstellung nicht wieder. Doch den Rostockern geht es nicht um die Tatsachen, sondern sie wollen ein abschreckendes Exempel statuieren. Darum werden Vollrat von der Lühe und zwei seiner Diener am 7. Juni 1549 mit dem Schwert in Rostock hingerichtet. Die anderen verhafteten Adligen und deren Knechte kommen – nach geleisteter Urfehde – frei.

Von der Lühes Familie strengt einen Prozess gegen die Stadt Rostock vor dem Reichskammergericht in Speyer wegen der unrechtmäßigen Verhaftung, Folterung, Verurteilung und Hinrichtung ihres Angehörigen an. Der Prozess schleppt sich durch die Verzögerung der Rostocker etwa über zwei Jahrzehnte hin und endet erst 1570 durch ein Urteil, das obendrein zugunsten der Hansestadt ausfällt. So setzt sich in der Folgezeit – bis heute – die Ansicht durch, dass Vollrat von der Lühe ein ruchloser Straßenräuber gewesen sei.

Seine Hinrichtung ist jedoch ohne Beweise dafür erfolgt, dass er die ihm angelasteten Taten tatsächlich begangen hat. Aus heutiger Sicht ist seine Hinrichtung schlicht ein Justizmord gewesen.

Die Lust des Fälschers

Der Notar Wilhelm Ulenoge und seine Verbrechen

Im 16. Jahrhundert lebte in Rostock ein Mann, der zu den größten und skrupellosesten Urkundenfälschern seiner Zeit gehörte. Er hieß Wilhelm Ulenoge (Eulenauge) und stammte aus Westfalen. Um das Jahr 1550 war er nach Rostock gekommen und arbeitete hier als Notar. Er schloss für hanseatische Kauffahrer Verträge ab, schrieb Protokolle für den Rostocker Rat und war in Gerichtsprozessen, die am mecklenburgischen Hofgericht ausgefochten wurden, dabei. Auch bei Adligen in den umliegenden Dörfern und Städten ging Ulenoge ein und aus. Sie hatten immer etwas zu regeln, sei es eine Erbschaftsangelegenheit, der Verkauf eines Hofes oder ein Prozess, der vorbereitet werden musste. Ulenoge arbeitete schnell und zuverlässig.

Doch in ihm schlummerte eine gewaltige kriminelle Energie. Schuld daran waren seine Geldgier und seine chronische Geldnot, die miteinander in unheilvoller Allianz lebten. Sah er einen blinkenden Gulden, schlug sein Herz schneller, wog er einen silbernen Taler in der Hand, leuchteten seine Eulenaugen, ja, selbst wenn er eine einfache Kupfermünze zwischen die Zähne schob, um sie auf ihre Echtheit zu prüfen, durchströmte ihn ein warmes Gefühl der Lust. Und so verlegte er sich auf das Fälschen von alten Urkunden.

Das lief folgendermaßen ab: Wenn er wegen irgendeiner notariellen Angelegenheit auf die Güter der Adligen kam, die Sache zur Zufriedenheit geregelt war, man zum Abschluss ein kräftiges Bier trank und einen saftigen Schinken aß, sagte der quirlige Jurist. »Wissen Sie, mir ist da vor kurzem eine alte Urkunde zu Gesicht gekommen. Rein zufällig. Ich glaube, die könnte für Sie von großem Nutzen sein.«

Die Adligen, schuldengeplagt und gierig, spitzten die Ohren. Sie nahmen seine Dienste gern an. Denn die meisten ahnten nicht, dass ihnen der Notar Fälschungen aufschwatzte, die er selbst anfertigte. Vielleicht wollten sie es auch nicht ahnen. Der Notar kannte die Rechts- und Finanzverhältnisse der Familien sehr genau. Noch besser kannte er ihre Probleme. Dieses Wissen setzte er spätestens seit Mitte der 1560er Jahre in klingende Münzen um. Wie ein großer fahrender Hamster raffte er die blinkenden Gulden zusammen, vom Schweriner See über Ribnitz bis nach Stralsund. Die bedeutendsten mecklenburgischen Geschlechter wurden seine Kunden: die Familien Moltke, Vieregge, Behr, Schmecker, Preen, Kerkhof, Halberstadt und Zepelin. Auch die Väter der Stadt Sülze vertrauten seiner Kunst und sicherten sich auf diese Weise das Sülzer Moor, das ihnen von Tribsees streitig gemacht wurde.

So könnte Wilhelm Ulenoge ausgesehen haben.

Die Benachteiligten der Fälschungen waren mächtige Gegner: die Stadt Rostock, die mecklenburgischen Herzöge, ja sogar Angehörige anderer Linien der Adelsfamilien. Sie guckten dumm aus ihrer vornehmen Wäsche.

Bald war Ulenoges Kundschaft so zahlreich, dass er die Anforderungen nicht mehr allein bewältigen konnte. Kurzerhand stellte er vier Gehilfen an, die nun eifrig – fast schon wie in einer Schreib-Manufaktur – die gewünschten Dokumente produzierten: Münz- und Gerichtsprivilegien, fürstliche Belehnungen, Fischereirechte, Kornerhebungen und Verpfändungen. Hinzu kamen umfangreiche Schenkungen und Verkäufe von Dörfern. Sie hatten allesamt nie stattgefunden.

Lange Zeit ging alles gut. Doch im November 1569 flog die Sache auf. Ulenoge floh, unterstützt von den Moltkes, durch halb Mecklenburg, wurde aber schließlich ergriffen und in Schwerin vor Gericht gestellt. Nach langen Verhören und Folterungen wurde er zum Tode verurteilt und am 28. März 1572 auf dem Marktplatz in Güstrow enthauptet. Danach schnitt man ihn in vier Teile und hing diese an den vier Wegscheiden vor der Stadt auf. Seiner »Mitstreiterin« Elisbabeth Moltke in Toitenwinkel, die ihn zu vielen Fälschungen angestiftet hatte, wurden die Güter entzogen, sie wurde des Landes verwiesen.

Heute sind 108 gefälschte Urkunden von Wilhelm Ulenoge bekannt. Sie dokumentieren angebliche Rechtsgeschäfte aus der Zeit von 1348 bis 1569. Es sind bei Weitem nicht alle Fälschungen, die im 16. Jahrhundert in Mecklenburg angefertigt wurden. Aber Ulenoge war ein Meister in diesem Fach. Das Fälschen machte ihm Spaß. Ja, es bereitete ihm große Lust. Magisch und unwiderstehlich. Denn durch das Fälschen kam er für kurze Zeit zu Geld, Ansehen und Bedeutung. Er zahlte einen hohen Preis dafür, den höchsten. Und ging in die Geschichte ein.

Mäh! Möh!

Die Geschäfte des Hans Röseler

Sein Revier erstreckt sich von Rederank im Westen bis Öftenhäven im Osten, von Groß Klein im Norden bis nach Bützow im Süden, sein Dreh- und Handelszentrum aber ist Rostock. Hier lebt Hans Röseler im 16. Jahrhundert als ein Meister jener Langfinger, die sich auf flauschige Viecher spezialisiert haben. Von den Weiden an der mecklenburgischen Ostseeküste werden in diesen Jahren – zwischen 1560 und 1580 – vor allem Pferde gestohlen, deutlich seltener dagegen Kühe, Schweine und Ziegen. Denn auf ihnen können die Diebe nicht so schnell davonreiten. Versuchen sie es doch, geht es meist einher mit Missvergnügen und Gefluche, hinzu kommen kräftige Gesäß- und Nasenprellungen. Denn Kühe sind phlegmatisch, Ziegen störrisch, und dicke Schweine galoppieren schlecht.

Schafe dagegen werden außerordentlich häufig entführt, die Gauner nutzen offensichtlich deren Sozialverhalten aus: Die Wollträger folgen den Worten der Diebe genauso wie denen ihrer Eigentümer, werden somit leicht aus ihren Verhauen getrieben, umgehend weiterverkauft oder geschwind geschlachtet. In der Regel stecken die Diebe dabei mit den Schäfern und deren Knechten oder den Hirten, die im Auftrag von wohlhabenden Bauern oder Gutsherren deren Tiere hüten, unter einer Schafdecke. Sie entwenden meist gleich mehrere Böcke, Zibben und Lämmer – manchmal bis zu 14 Stück – und betreiben ihr Geschäft sogar häufig am helllichten Tage.

Ihr heimlicher Oberhirte Hans Röseler stammt aus Westfalen, ist nun aber ehrbarer Einwohner zu Rostock. Eines Tages kommt der Gauner Chim Hilligendorff in sein Haus

und erwärmt ihn für einen Wolle-Clou: Sie wollen in Neu-
hof bei Parkentin, zehn Kilometer westlich von Rostock,
dem dortigen Einwohner Michel Fineken ein paar Schafe
stehlen. Entschlossen wandern die beiden Männer zum
Dorf, und während Röseler im Krug sitzt und sich Bier in
den Schurkenschlund gießt, läuft Hilligendorff zum neuen
Hof, holt im Schutz der abendlichen Dunkelheit zwölf
Schafe aus den Horden und treibt sie gen Rostock. Röseler
folgt ihm, übernimmt morgens die treu dreinblickenden
Tiere und führt sie in die Stadt. Sieben Hammel verkauft
er an den Schäfer nach Rederank, die anderen auf dem
Rostocker Markt. Seinem Diebespartner zahlt Röseler vier
Gulden aus.

Jahrelang arbeitet er so als emsiger Spitzbube und Hehler
im Schafspelz. Einmal holt ihm Hilligendorff sechs weitere
Schafe aus Steinhagen, ein anderes Mal – ungefähr 1575 –

Röseler war auf flauschige Viecher spezialisiert.

vereinbart Röseler mit einem Deichgräber und einem Schäferknecht, dass diese alles, was sie stehlen, zu ihm bringen sollen. Er wolle sie gut dafür entlohnen.

Vor allem aber handelt Röseler eifrig mit geraubten Schafen weiter. Ihm werden Lämmer aus Groß Klein gebracht, und er stiehlt in Öftenhäven, zehn Kilometer östlich von Rostock, zusammen mit dem Schäferknecht Hans Weyer – der 1580 in Wokrent bei Satow gehängt wird – fünf Hammel und verkauft sie in Rostock, das Stück für einen Taler. 1576 entwenden Röseler und der örtliche Schäfer Marcks Sundorp in Klein Sprenz bei Schwaan 14 Schafe. Der Kumpan holt sie aus der Herde und bindet sie zusammen. Die Tiere sind aufgescheucht und blöken: »Mäh, möh, mähä!« Röseler, der Schafeflüsterer, antwortet beruhigend »Möh, möh!«, treibt sie über die Felder nach Rostock und verkauft das Stück dort für einen Taler. Ebenso verfährt er mit acht tragenden Schafen aus Reinshagen, die er sogar für einen Gulden pro Tier veräußern kann. Zur Abwechselung stiehlt Röseler 1578 in Satow – zusammen mit einem Schäferknecht und einem Hirten – eine Kuh und tauscht sie in Rostock gegen vier Gulden ein. Seine Kumpane werden stets zur Hälfte am Erlös beteiligt.

Irgendwann sind die Schäferstündchen jedoch zu Ende. Röselers Geschäfte fliegen auf, und er wird 1580 in Rostock vor Gericht gestellt. Um seine Haut zu retten, legt er ein Geständnis ab, in dem er sich zu neun Taten bekennt, die er in den vergangenen Jahren begangen habe. Zuletzt bittet der Hammel-Halunke darum, *»das man Im vmb seiner sechs Armen lebendigen vnmundigen kinder willen wölte das Leben geben. Er wölte sie bei der handt nhemen vnd damit Auß der Stadt gehen«*. Der Schafeflüsterer hat Erfolg. Der Rat der Stadt begnadigt ihn zu einer Rutenstrafe am Pranger und zur Verweisung aus der Stadt, allerdings auf ewige Zeit. 🐷

ROSTOCK
Die abgerissenen Knöpfe

Der antisemitische Skandal
um Professor Fritz Weinberg

Am 18. Februar 1922 betritt der Medizinstudent Otto Uhlhorn um 10.30 Uhr die Medizinische Klinik in Rostock. Er
sucht den jüdischen Oberarzt Prof. Dr. Fritz Weinberg,
trifft ihn auf dem Korridor des zweiten Stockes und gibt
ihm – nach einem kurzen Wortwechsel – eine Ohrfeige.
Der Grund: Weinberg soll die Studentin Emma Jüres, Uhlhorns Verlobte, während eines medizinischen Kurses durch
anzügliche Bemerkungen belästigt haben. Weinberg bestreitet dies – und schlägt Uhlhorn zweimal zurück. Zeugen beobachten die Szene.

Damit beginnt ein Skandal, in dem Motive und Merkmale
jener Zeit wie unter einem Brennglas scharf zu Tage treten:
persönliche Eitelkeiten, unterschiedliche politische Ansichten, akademischer Dünkel, tendenziöser Journalismus, Pro-
paganda, versteckter und offener Antisemitismus. Diese
Konstellationen ermöglichen später den Aufstieg des Na-
tionalsozialismus mit.

Schnell leitet die Medizinische Klinik gegen Otto Uhlhorn,
der bereits durch antisemitische Aktionen aufgefallen und
Führer der Hakenkreuz-Studenten an der Universität ist,
ein Disziplinarverfahren ein. Er wird – für vier Semester –
von der Universität verwiesen. In einer zeitgleichen Untersuchung gegen Professor Weinberg erklärt dieser, seine
Äußerungen gegenüber der Studentin Jüres seien harmlos
gewesen: »*Während ich beim klinischen Unterricht mit den
Studenten beschäftigt war, waren mir an dem weißen Mantel
zwei Knöpfe abgerissen. Ich sagte zu der neben mir stehenden
Studentin: ›Da sind mir die ganzen Knöpfe abgerissen.‹ Sie er-*

widerte: ›Das ist aber sehr peinlich.‹ Ich sagte darauf: ›Wenns doch am Mantel ist, das ist doch nicht peinlich.‹ Sie: ›Ihre Frau wird da viel zu nähen haben.‹ Ich: ›Das braucht sie nicht, der Mantel gehört ja der Klinik.‹ Ich habe die erste Äußerung gemacht, weil Frl. J. neben mir stand und sah, wie mir der Mantel offen hing.« Die Universitätsleitung gibt sich mit dieser Aussage zufrieden, versucht, die Angelegenheit herunterzuspielen und schließt die Untersuchung schnell ab. Doch die Situation eskaliert, weil konservatives Denken, reaktionäre Ansichten und Antisemitismus an der Rostocker Alma Mater stark vertreten sind. Aus Protest gegen Uhlhorns Verweis nehmen die Vertreter der Studentencorps nicht an der am 28. Februar 1922 stattfindenden Jahresfeier der Universität teil. Am 6. März berichtet die in Rostock erscheinende *Mecklenburger Montagspost* über den Fall, der damit öffentlich und fortan in der Presse diskutiert wird. Der konservative *Rostocker Anzeiger* ergreift für den Studenten Uhlhorn Partei, die sozialdemokratische *Mecklen-*

An der Universität Rostock – hier ist das Hauptgebäude zu sehen – gab es von 1922 bis 1924 eine Kampagne gegen den Mediziner Fritz Weinberg.

burgische Volks-Zeitung für Professor Weinberg. Am 9. März veröffentlicht zudem der Journalist Otto Söffing in seiner Rostocker Zeitschrift *Mecklenburger Umschau* unter der Überschrift *»Awai geschrien, der Weinberg«* einen antisemitischen Hetzartikel gegen den Professor, gegen den dieser juristisch vorgeht – die Zeitschrift wird beschlagnahmt. Auch der Rektor der Universität, Rudolf Helm, meldet sich zu Wort, kann die Lage aber nicht beruhigen.

Professor Weinberg kämpft mithilfe des jüdischen Rostocker Anwaltes Gustav Goldstaub um seinen Ruf. Vom 12. bis 20. Dezember 1922 kommt es vor der Strafkammer Rostock zu einem Prozess gegen drei Gegner Weinbergs: den suspendierten Studenten Otto Uhlhorn, den Redakteur Otto Söffing und den Chirurgen Werner Elfeldt. Das Gericht befragt rund 70 Zeugen, unter ihnen die Leitung der Universität und etliche Professoren. Das Ergebnis: Weinberg hat manchmal durch bestimmte Äußerungen Anstoß erregt, einige Frauen empfanden die Worte als anzüglich, andere als harmlos, wieder andere schrieben sie dem »Mediziner-Jargon« zu, der unter Ärzten durchaus üblich sei. Die Gegner Weinbergs nutzten dies für eine antisemitische Kampagne: Der Professor sei ein *»notorischer Schweinigel«,* unanständig und unmoralisch wie alle Juden.

Am 20. Dezember fallen die Urteile: Uhlhorn erhält wegen Körperverletzung und Beleidigung eine Geldstrafe von 20 000 Mark, Söffing soll wegen Beleidigung 10 000 Mark und Elfeldt wegen Beleidigung 5 000 Mark zahlen. Doch sie legen Revision ein. So geht die Kampagne gegen Professor Weinberg in den Jahren 1923 und 1924 weiter. Dann verlässt der Mediziner die Hansestadt, geht nach Mannheim, emigriert 1939 in die USA und arbeitet ab 1942 in New York als Nervenarzt und Internist. Er stirbt 1958. Seine einstigen Gegner, die er in Rostock hatte, machen nach 1924 allesamt Karriere in Deutschland. 🐗

SCHWAAN
Unternehmer des erlauchten Beschisses

Wie Ernst Rudolf Eugen Theobald Holder-Egger sich durchs Leben schlägt

Dies ist die Geschichte eines sonderbaren Mannes, der jahrzehntelang vor seiner wahren Identität davonläuft, indem er sie hundertfach fälscht. Er reist wie ein Getriebener umher, immer ausgestattet mit falschen Papieren, die er selbst anfertigt. Ein Heimatloser, der ständig Halt sucht, den aber niemand halten kann, weil seine Gedanken und Launen wie Flöhe in seinem Oberstübchen herumspringen.

Am 19. Dezember 1900 betritt er, ein ordentlich gekleideter älterer Mann, den Laden eines Kürschners in Schwaan mit den Worten: »Ein fremder Kürschner bittet um Arbeit«.

»Wie, um Weihnachten herum haben Sie als Kürschner keine Arbeit?«

»Ich bin krank gewesen. Außerdem trägt bei diesem milden Wetter niemand Pelze oder hat etwas zu reparieren.«

»Haben Sie Ihre Arbeitspapiere dabei?«

Der Fremde zeigt einen Schein, auf dem steht, dass er – der Kürschner und Mützenmacher Franz Meister – vom 10. Juni 1898 bis 4. August 1900 in Kiel in Stellung gewesen und als tüchtiger Gehilfe bestens zu empfehlen sei. Ein matter, schwarzer Stempel des Polizeiamtes Kiel beglaubigt das Geschriebene.

Der Fremde erreicht so, dass er ab morgen beim Kürschner hier in Schwaan arbeiten kann. Zur Übernachtung in einer Herberge erhält eine Geschäftskarte, auf der eine Anweisung an den Wirt steht, dem Fremden Abendbrot und Nachtlager bis zu einem Betrag von 50 Pfennig zu geben. Damit verlässt der Mann die Kürschnerei, um sogleich einen Buchbinder aufzusuchen und auch dort um Arbeit zu bitten. Er zeigt nun ein Papier, das ihm bestätigt, zwischen Mai 1898 und Oktober 1900 in Kiel als Buchbindergehilfe Otto Meister, aus Greifswald stammend, gearbeitet zu haben. Der Fremde erhält einen Schnaps und fünf Pfennig, flaniert dann zur Herberge, nennt sich hier Otto Hugo Kuntze aus Danzig, 41 Jahre alt, berichtet, seine Papiere lägen beim Kürschner in Schwaan, isst und trinkt fürstlich und begibt sich anschließend gutgelaunt zur Ruhe. Am anderen Morgen steht der Gauner früh auf und verlässt – unbekümmert und ohne Abschied – die Stadt.

Doch er wird angezeigt, seine Taten werden umgehend in der Zeitschrift *Der Wächter*, dem *Polizeiblatt für Mecklenburg*, mit dem Hinweis veröffentlicht, dass man es hier wahrscheinlich mit dem bekannten Passfälscher Ernst Rudolf Eugen Theobald Holder-Egger zu tun habe.

Der Erfolg bleibt nicht lange aus. Schon am 24. Dezember 1900 wird Holder-Egger in einer Herberge in Waren, in der er unter seinem richtigen Namen logiert, aufgespürt. Es finden sich bei ihm 17 Arbeitsscheine, von denen zwei auf

Auch in Schwaan, hier ist die Kunstmühle zu sehen, betrieb Holder-Egger seine Betrügereien.

seinen, die übrigen auf andere Namen lauten und ihn z. B. als Tapezierer, Dekorateur, Büchsenmacher, Porzellanmaler und Uhrmacher ausweisen. Die Papiere sind mit der Rückseite eines Zehnpfennigstückes gestempelt worden, die Abdrücke sind so schwach, dass man sie für blasse behördliche Stempel halten kann. Dem durchsuchenden Wachtmeister erklärt Holder-Egger, er sei nie in Schwaan gewesen, die falschen Papiere habe er kürzlich von einem Unbekannten geschenkt bekommen, aber selbstverständlich nie benutzt.

Der Gefasste wird nach Rostock überführt, dort den Zeugen aus Schwaan gegenübergestellt und von ihnen erkannt. Der Filou leugnet und gibt nur das zu, was ihm nachgewiesen werden kann. Es stellt sich heraus, dass er im Oktober 1900 aus dem Zuchthaus Rendsburg entlassen wurde, sich umhergetrieben, gebettelt, Gelegenheitsarbeiten ausgeführt und nicht nur in Schwaan gefälschte Arbeitsscheine vorgezeigt hat, um die üblichen kleinen Geschenke der Handwerksmeister zu erlangen. Dieses Vorgehen betrieb der 1850 in Marienwerder in Westpreußen geborene Holder-Egger seit seiner Jugend. Aus zerrütteten Familienverhältnissen stammend, wurde er seit 1866 immer wieder verurteilt – u. a. in Danzig, Hamburg, Mannheim, Kiel und 1893 in Schwerin – und saß zahlreiche Strafen ab. Er fälschte Papiere auch mit selbstgefertigten Schieferstempeln und Stempelschwärze, hatte sich viele falsche Namen und Berufe zugelegt, stahl, log und betrog jahrzehntelang. Sein Wanderleben führte den Dokumentenkünstler auch nach Frankreich, Schweden, Russland und Österreich. Er war ein europäischer Kleinunternehmer für den erlauchten Beschiss.

Die Strafkammer Rostock verurteilt Holder-Egger am 4. März 1901 wegen Betruges und Fälschung im wiederholten Rückfall zu zwei Jahren Zuchthaus und einer Geldstrafe von 300 Mark. Er wird in das Zuchthaus Dreibergen bei Bützow gebracht.

Auf der Jagd

Im nahen Wald geschieht 1922 ein Verbrechen

Der 27. August 1922 ist ein warmer Sommertag, die Weizen-ernte in Mecklenburg ist eingebracht, die Kühe auf den Reck-nitzwiesen grasen friedlich. Auf dem Gut Wöpkendorf, das zwischen Rostock und Stralsund liegt, arbeiten die Männer und Frauen an diesem Sonntag weniger als werktags, sie versorgen nur die Tiere. Das Gutsdorf südwestlich von Mar-low gehört seit 1811 der Familie Melms. Ihr Gutshaus ist ein breites, langgestrecktes Gebäude, das seine Fassade hinter wucherndem Efeu verbirgt, nur die Fenster – über 20 an der Zahl – blicken wie große gläserne Augen auf den Hof.

Am diesem Tag rüstet sich Carl-Siegfried Melms, der 23-jährige Sohn des Gutsbesitzers, zur Jagd. Er will zusammen mit seinem Cousin in den familieneigenen Wald westlich von Wöpkendorf auf die Pirsch gehen. Die Männer setzen ihre Hüte auf, Melms wirft sich sein Gewehr über die Schul-ter, dann schlagen sie den Weg nach Dammerstorf ein.

Sie gelangen in die Buschkoppel und bemerken plötzlich auf einer Schneise einen Mann. Auch wenn dieser noch weit entfernt ist, nehmen sie sicherheitshalber hinter den Bäumen Deckung. Im selben Augenblick verschwindet der Unbekannte aus ihrem Sichtfeld, worauf die beiden Männer ihren Weg fortsetzen und auf eine Lichtung gelangen. Wäh-rend Melms stehenbleibt, läuft sein Cousin noch ein paar Meter im Schutz der Büsche weiter, um nach Wild Aus-schau zu halten. Dabei gelangt er unter einen Hochsitz. Plötzlich hört er über sich ein Geräusch und ruft Melms zu: »Da oben ist jemand!« Tatsächlich sieht Melms eine Ge-stalt in der Kanzel, entsichert sein Gewehr und fordert den Unbekannten auf, herunterzukommen. Vergeblich.

Daraufhin hebt Melms sein Gewehr halb hoch. Das ist ein Fehler, denn im selben Augenblick kracht ein Schuss aus der zwölf Meter entfernten Kanzel und streckt den jungen Mann nieder. Sein Cousin zuckt zusammen und läuft, weil er selbst keine Waffe hat, zum Gutshaus zurück, um Hilfe zu holen. Mehrere Männer eilen zum Tatort und finden den Verwundeten noch lebend, der Täter aber ist verschwunden. Melms' Bauchwunde wird notdürftig verbunden und der Verletzte zum Gutshaus zurückgebracht. Aus den Nachbarorten kommen Ärzte herbei und versuchen, das Leben des 23-Jährigen zu retten. Doch es gelingt ihnen nicht. Die Verletzungen sind zu schwer, die Kugel – ein Dumdumgeschoss aus einem Militärgewehr – hat die linke Niere und den Dickdarm durchschlagen und ist in den Lendenwirbeln steckengeblieben. Carl-Siegfried Melms stirbt noch in der Nacht.

Wer ist der Täter? Der Meier des Melmschen Gutes, ein Manns namens Wilke, hat einen Verdacht: »Wir sollten uns

Bei Wöpkendorf geschah am 27. August 1922 die Tat.

mal den Stübe vorknöpfen. Der hat hier schon öfter Korn und Futter geklaut, und wildern soll er auch.« Tatsächlich besitzt der 48-jährige Gutsarbeiter Wilhelm Stübe nicht den besten Ruf. Vor seiner Anstellung auf dem Gut ist er 13 Jahre lang als Heizer zur See gefahren. Der neunfache Familienvater gilt als leicht reizbar und brutal.

Der Meier Wilke begibt sich zusammen mit Gutsinspektor Hollatz und Gendarmeriekommissar Plepp aus Marlow zur Wohnung des Verdächtigen. Die drei treffen in dem Haus, das in der Nähe des Gutes steht und in dem mehrere Arbeiter mit ihren Familien wohnen, allerdings nur die Frau Stübes an. Sie berichten ihr von der Tat im Wald. Plötzlich tritt der Gutsarbeiter selbst herein und wundert sich lautstark über den Besuch. Als der Gendarm eine Leibesvisite bei dem Verdächtigen vornehmen will, eskaliert die Situation: Stübe zieht einen Revolver und schießt auf den Kommissar. Doch die Kugel verfehlt ihr Ziel.

Die drei Männer stürzen sich auf den Arbeiter und reißen ihn zu Boden. Im Handgemenge feuert Stübe noch zweimal: Eine Kugel durchschlägt die linke Hand und Wade des Meiers Wilke, die andere verletzt Gutsinspektor Hollatz an der Brust. Aber der Arbeiter wird überwältigt. Später – bei seiner Vernehmung und auch bei der Gegenüberstellung mit dem Leichnam – beharrt Stübe auf seiner Unschuld. Ebenso im Gerichtsprozess.

Dennoch verurteilt ihn das Schwurgericht Güstrow am 13. Dezember 1922 wegen Körperverletzung mit Todesfolge, zweifachen versuchten Totschlags, Wilddieberei und unerlaubten Waffenbesitzes zu 15 Jahren Zuchthaus.

Am Platz des Verbrechens im Wald werden zwei Gedenksteine aufgestellt, die noch heute dort – auf halbem Weg zwischen Wöpkendorf und Dammerstorf, etwa 300 Meter südlich der Straße, die beide Dörfer verbinden – zu sehen sind. 🐗

MECKLENBURGISCHE SEENPLATTE

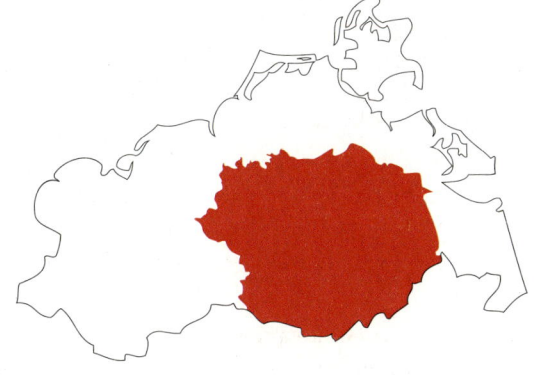

Das Ende eines Kuhknechtes

Ein Mord 1927 in Mecklenburg-Strelitz

Der Kaufmann und Versicherungsagent Otto Brauer ist mit allen norddeutschen Wassern gewaschen. Unter Freunden bekennt er schon mal, dass er keine Lust hat, einer geregelten Arbeit nachzugehen, sondern sein Geld lieber durch windige Geschäfte verdient. Er ist ein Mann, der das leichte Leben liebt. Als simplen Betrüger, nein, so sieht er sich nicht. Er möchte lieber ein charmanter Hochstapler sein. Das klingt viel freundlicher. Seine Intrigen sind allerdings alles andere als freundlich. Die spinnt er, um seine Schulden zu bezahlen, da lügt der Otto mit großen unschuldigen Augen, dass sich die Balken in den Bauernhäusern und Kuhställen biegen.

In den 1920er Jahren vermittelt er in Mecklenburg-Strelitz Hypotheken und Verpachtungen, er macht Geschäfte mit Vieh, Getreide, Pferde-Kraftwagen und Gewehren, vertreibt Heilmittel. Doch nichts bringt den gewünschten Erfolg. Für ihn selbst ist das unerklärlich – bei seinen Fähigkeiten. So verlegt er sich ab 1926 auf die Vermittlung von Lebensversicherungen.

Brauer wohnt jetzt in Blankensee, einem kleinen Ort an der Bahnstrecke zwischen Neustrelitz und Neubrandenburg. Er ist dort seit längerer Zeit mit dem Landwirt Helmuth Krüger befreundet. Die beiden gehen zusammen ins Wirtshaus, trinken Schnäpse, lachen, lallen und schlagen sich gegenseitig auf die Schultern. Da haben sich zwei gefunden. Auch Krüger ist verschuldet, auch er braucht dringend Geld. Sein Grundstück ist stark mit Krediten belastet, neue Darlehen werden ihm verweigert. Jedermann weiß, das bei Krüger selbst die Mäuse in der Scheune hungern. Und so entsteht aus Not, Gier, Faulheit und Skrupellosigkeit ein Verbrechen.

Das Opfer ist ein ahnungsloser Kuhknecht, der auf dem Krügerschen Hof arbeitet. Er hört auf den Namen Karl Rohde und hat ein einfaches Gemüt. Krüger schließt für Rohde eine Lebensversicherung ab, die Brauer als Agent vermittelt. Die Versicherungssumme beträgt 50 000 Mark und soll im Todesfall an Helmuth Krüger ausgezahlt werden. Denn dieser bezahlt die Beiträge. Wenn Rohde durch einen Unfall stirbt, wird die Versicherungssumme verdoppelt. Brauer und Krüger reiben sich schon die Hände, die Beute soll geteilt werden. Vorher ist allerdings noch eine Kleinigkeit zu erledigen – der trottelige Kuhknecht.

Brauer sucht jetzt verstärkt Kontakt zu seinem potenziellen Opfer. Er will das Vertrauen Rohdes gewinnen, um ihn ahnungslos zu machen. Der Versicherungsagent hat dabei leichtes Spiel. Er schenkt dem Knecht alles, was der braucht: zwei Jacken, drei Hosen, eine Unterhose, ein Hemd, drei Kragen, einen Selbstbinder und Strümpfe. Die Sachen sind zwar alt und gebraucht, aber der doofe Rohde freut sich trotzdem. Auch über das Geld zum Schnapskaufen.

Am Sonnabend, den 5. Februar 1927, wird Karl Rohde gegen 17.30 Uhr zuletzt gesehen. Er schließt auf dem Krüger-

Der Wanzkaer See bei Blankensee, in der Nähe geschah am 5. Februar 1927 in einem Wasserloch der Mord.

schen Hof die Ställe zu, hängt die Schlüssel ins Haus und trottet davon. Am nächsten Nachmittag wird er in einem Wasserloch auf der Wiese hinter dem Krügerschen Gehöft gefunden. Tot. Er ist ertrunken.

Der Verdacht fällt schnell auf Otto Brauer und Helmuth Krüger. Sie werden verhaftet. Während Krüger die Beihilfe zur Tat indirekt gesteht, leugnet Brauer bis zuletzt.

Am 5. Juni 1928 beginnt die Hauptverhandlung vor dem Schwurgericht Neustrelitz. 96 Zeugen und neun Sachverständige sind geladen. Am 19. Juni 1928 verkündet das Gericht sein Urteil: Brauer wird wegen Mordes zum Tod verurteilt, Krüger erhält sechs Jahre Zuchthaus. In seiner Urteilsbegründung stellt das Gericht fest, Brauer sei mit Rohde am Badestrand des Wanzkaer Sees gewesen und habe ihm dort Alkohol zu trinken gegeben. Dann sei Brauer mit dem Kuhknecht zum Wasserloch auf der Wiese hinter dem Krügerschen Gehöft gegangen, um mit einem Kahn einen Pflug heimzutransportieren. Als Rohde in das Boot gestiegen sei, habe Brauer es hinten hochgehoben und so zum Sinken gebracht. Dabei sei Rohde ertrunken.

Das Urteil und seine Begründung sind gewagt, denn es gibt keinen einzigen Beweis und niemanden, der die Tat beobachtet hat. Alles beruht auf Indizien. Auch die Vermutung, dass Brauer den Kuhknecht mit dem Gift Strychnin in die ewigen Seegründe befördert hat. Nachweisbar ist es nicht mehr. Die beiden legen Revision ein, die jedoch vom Reichsgericht Leipzig verworfen wird.

Helmuth Krüger verbüßt seine Strafe in der Landesstrafanstalt Strelitz. Nach viereinhalb Jahren wird er entlassen. Brauer, der Taugenichts mit Wertbeständigkeit, wird zu lebenslänglichem Zuchthaus begnadigt. Er sitzt bis 1944 in der Landesstrafanstalt Dreibergen bei Bützow. Was dann aus ihm wird, ist unbekannt.

Die geschlachtete Kuh

Futterzeit ist Schwindlerzeit

Einige sind mutig und abenteuerlustig, andere verhalten sich ängstlich. Es gibt dicke und dünne, dumme und kluge, langsame und schnelle. Manche traben freundlich und besonnen über Wiesen und Feldwege, andere Exemplare führen sich unberechenbar oder störrisch auf. Die Rede ist, nein, nicht von Ziegen und Eseln, sondern von Kühen und Menschen. Ende des 19. Jahrhunderts leben sie in Grammentin südöstlich des Kummerower Sees in Ein- und Zwietracht zusammen. Die Paarhufer sind den Dörflern in Manchem überlegen, sie erschnuppern zum Beispiel bis zu zehn Kilometer entfernte Düfte und futtern ihr Wiedergekäutes gern noch einmal. Tagelöhner und Knechte hingegen wittern meist Branntwein. Sie trinken ihn schnell wie Milch, würgen hernach gefressenen Pansen oder Käse wieder hoch und koddern den Schmaus über den Dunghaufen.

Im Oktober 1887 sorgt die erkrankte Kuh des Stellmachers Hornburg für folgenschwere Futterverwicklungen im Dorf. Sie kann nicht aufstehen, lässt Ohren und Schwanz hängen und magert immer mehr ab, so dass Hornburg nach 14 Tagen entscheidet: »Schiet, de Kauh möt na'n Schlachter.« Er beauftragt damit den in seiner Nachbarschaft wohnenden Händler Felix Abraham. Dieser mustert das Tier und wittert ein Geschäft: »Dat Klapperbeen süht ja ut as'n Bessenstäl. Sien Fell is strubbelig, dat Üder lerrig. Kannst du mi de Kauh mit Fell nich för ümsünst öwerlaten?« Hornburg klappt mit den Ohren. Eigentlich ist das ein schlechter Handel, der auf keine Kuhhaut geht. Dann aber stimmt er zu: »Dat Beest is ja nich mihr väl wiert, du kannst allens as Lohn för dat Schlachten behollen.« Abraham frohlockt, er

hofft, mit dem mageren Milchgeschöpf jetzt noch richtig ab-
sahnen zu können. Noch am selben Abend, am 4. November, bringt er das Tier zum Schlächtermeister August Hasselmann in Grammentin. Dieser verzieht, als er die dürre
Kreatur sieht, sein Metzgermaul, macht aber kurzen Prozess
und schlachtet sie. Bereits am nächsten Tag verkauft Abraham ein Viertel der Kuh für drei Mark an den Arbeiter
Scheffler im Dorf, das Geld übergibt er Frau Hasselmann:
»Hier, dat is för't Afmurksen von dat Aas. Dien August hett
gaute Arbeit maakt.«
Derweil freut sich Herr Scheffler auf einen saftigen Rinder-
braten. Er schnalzt und salzt und pfeffert, entzündet behän-
de ein lustiges Feuerchen und kocht von dem Fleisch. Sofort
weht ein penetranter Geruch durch die Kate, die Fleisch-
brühe blubbert boshaft bräunlich im Topf, und selbst mit
Hilfe von reichlich Branntwein vermag der wackere Arbeits-
mann nur zwei kleine Bissen hinunterzuwürgen. Im Nu
kommt ihm sein Gekäutes wieder hoch und schießt über

In Grammentin wür 'ne dote Kauh tau'n Corpus Delicti.

den Tisch: »Düwelskram, de Braden möt gammelig sin!«
Der Bezirks-Gendarm wird informiert und rückt am 10. November nachmittags beim Schlächtermeister Hasselmann an: »Mahltiet, wo is de Kauh, wovon de Scheffler Fleesch köfft hett? Hei hett sik öwergäben un licht na disse Faudertiet wittnäsig in siene Schlapkist!« Weil es schon dunkel wird, kann der Gendarm die Besichtigung nicht mehr voll ausführen und will daher am nächsten Morgen wiederkommen. Noch am Abend erscheinen, weil sie – durch die Kontrolle aufgeschreckt – ihre Felle davonschwimmen sehen, Felix Abraham und August Hasselmann bei Scheffler und geben ihm seine drei Mark zurück: »Kannst du nich seggen, dat du dat Fleesch von uns ümsünst bekamen hest?« Doch die Sache zieht bereits Kreise. Am nächsten Vormittag erscheint der Ortsschulze bei Hasselmann, kann aber nur noch einen kleinen Rest des Fleisches beschlagnahmen, weil das Schlitzohr Abraham kurz vorher dagewesen ist und den größten Teil in einem Sack fortgeschafft hat.

Am 12. Oktober 1888 müssen sich Abraham und Hasselmann vor dem Landgericht Greifswald für ihren Kuhhandel verantworten. Abraham behauptet, das Tier sei nicht krank gewesen, sondern habe nur ein gebrochenes Rückgrat gehabt, das Fleisch könne deshalb nicht schlecht gewesen sein. Der Tierarzt, dem das Fleisch erst am 18. Januar 1888 zur Untersuchung eingesandt wurde, kann nicht mehr beurteilen, ob es bei der Schlachtung genießbar war. Allerdings sei Fleisch von Tieren, die Knochenbrüche erlitten hätten und infolgedessen fieberten, leicht dem Verderben ausgesetzt. Der zweite Sachverständige, Kreisphysikus Prof. Dr. Otto Beumer, ist sich ebenfalls nicht sicher, ob das Fleisch der menschlichen Gesundheit schaden konnte. Hasselmann wird daher freigesprochen und Abraham das Fell nur leicht über seine Händlerohren gezogen: Er erhält wegen Verstoßes gegen das Nahrungsmittelgesetz einen Monat Gefängnis.

NEUBRANDENBURG
Stiebitz

1983/84 erschüttern drei Morde die Stadt

Mario Stiebitz, der in den 1960er und 1970er Jahren in Ost-Berlin aufwächst, fällt nicht auf. Er ist schüchtern, hat keine Freunde und wird oft gehänselt – wie tausende andere Jungen in seinem Alter. Seine schulischen Leistungen sind akzeptabel. Nach der Schule schließt er eine Lehre als Elektromonteur ab. Doch der Junge ist ein Einzelgänger, ein Sonderling, der Gewaltfantasien in sich trägt, die in der Pubertät zunehmen und ihn nicht mehr loslassen. Immer wieder stellt er sich vor, wie es ist, jemanden zu erwürgen.

Um seinem Leben einen äußeren Halt zu geben, entschließt Stiebitz sich zu einer Laufbahn bei der Nationalen Volksarmee und wird Berufsunteroffizier in Cölpin bei Neubrandenburg. Hier lebt er in einem Wohnheim, bleibt jedoch den anderen Soldaten gegenüber auf Distanz. Lieber streift er in seiner Freizeit allein durch die umliegenden Wälder oder fährt nach Neubrandenburg, er beobachtet die Menschen und hängt seinen Tötungsfantasien nach. Irgendwann werden die Fantasien so stark, dass Stiebitz sie in die Tat umsetzt und – innerhalb kurzer Zeit – zum mehrfachen Mörder wird. Am 16. Juli 1983 ist er in Neubrandenburg auf der Suche nach einem Opfer. Gegen 22 Uhr entdeckt er im Kulturpark auf einer Bank zufällig einen betrunkenen, schlafenden jungen Mann. Nachdem er diesen eine Zeitlang beobachtet hat, ersticht er ihn mit einem Fahrtenmesser – sein erster Mord. Doch Stiebitz ist nicht zufrieden, wie er später zu Protokoll gibt: *»Die Sache ist nicht so abgelaufen, wie ich mir das vorgestellt hatte. Die Gegenwehr, ich konnte ihm gar nicht nahe sein. Ich war richtig enttäuscht.«* Die Leiche versteckt er im Buschwerk.

Der Mörder ist ein Pedant. In seiner Berliner Wohnung legt er eine Akte mit dem Titel »Geheime Privatsache« an. Hier beschreibt Stiebitz seine Taten genau und dokumentiert sie mit Fotos, die er selbst während der Morde macht. Er beschließt, ab sofort nur noch Jungen zu töten, da er von ihnen keinen großen Widerstand erwartet. Sein Ziel: *»Die höchsten Qualen, die in den Tod übergehen, will ich mit den Händen spüren, seinen Übergang in den Tod. Die sexuelle Erregung war eher ein Nebeneffekt. Es ging um das Töten an sich. Es war nicht das blanke Auslöschen, was mich befriedigt hat, es war die Art und Weise der Tat. Die Macht, die man dabei hatte.«*

Stiebitz überlässt kaum etwas dem Zufall, plant seine Taten genau. Nur zehn Tage nach seinem ersten Mord versteckt er sich in Neubrandenburg in einem Gebüsch am Gätenbach.

Beobachtete Stiebitz auch am Friedländer Tor in Neubrandenburg potenzielle Opfer?

Stundenlang beobachtet er die Vorbeikommenden, die zum Baden an den Tollensesee gehen. Irgendwann läuft ein neunjähriger Junge vorbei, den Stiebitz ins Gebüsch zieht, sich auf ihn legt, dessen Angst und Aufbäumen er genießt, den er schließlich erwürgt und ersticht. Der Junge wird noch am selben Abend gefunden.

Die Volkspolizei fahndet nach dem Täter und nimmt – nachdem am 1. August 1983 auch das erste Mordopfer gefunden wird – einen Mann fest, der das erste Opfer kannte. Der Verdächtige verstrickt sich in Widersprüche, bei ihm wird ein Messer gefunden, das zu den Taten passt, zudem ist er am Tattag am Strand in der Nähe des Jungen gesehen worden. Diese »Beweise« und alkoholbedingte Erinnerungsausfälle lassen ihn am Ende die Taten gestehen. Er wiederholt sein Geständnis vor zwei weiteren höheren Gerichten, wird zu lebenslanger Haft verurteilt und sitzt über ein Jahr unschuldig im Gefängnis.

Derweil versucht Stiebitz am 3. September 1983 in Strasburg einen betrunkenen jungen Mann nachts in dessen Haus zu erstechen, die Tat misslingt. Am 23. September tötet er zwei Brüder, neun und elf Jahre alt, die er in einem Wald bei Birkenwerder nördlich von Berlin antrifft. Am 7. Februar 1984 mordet Stiebitz erneut in Neubrandenburg. Diesmal ist ein Junge in einem Keller auf dem Datzeberg sein Opfer. Gefasst wird Stiebitz schließlich, als er am 8. Juli 1984 an einem Kiessee bei Schildow nördlich Berlins zwei Jungen belästigt. Die Jungen können sich losreißen und Hilfe holen – der Täter wird aus einem Gebüsch gezerrt und zur Polizei gebracht.

Am 19. November 1985 wird Mario Stiebitz wegen fünffachen Mordes, eines Mordversuchs und 20-fachen vorbereiteten Mordes zu einer lebenslangen Haftstrafe verurteilt. Bis heute sitzt er in der Justizvollzugsanstalt Bautzen. 🐗

Postbeamtenschweiß

Die Taten des Carl Frehse

Irgendwann ist die Versuchung stärker als sein Gewissen, sein finanzielles Bedürfnis größer als seine Gesetzestreue. Der Postassistent Carl Frehse ist kein geborener Gauner, weil niemand als Verbrecher geboren wird, er lässt aus Not nur hin und wieder fünfe gerade sein. Für eine sorgenfreie Zukunft pocht sein Beamtenherz schneller. Dann meldet er bei Briefen, die monetäre Inhalte transportieren, einen gewissen Eigenbedarf an, denn ein Brief sieht nur für denjenigen gewöhnlich aus, der die Schönheit seines Inhaltes nicht ertastet. Und Carl ist ein Liebhaber des Schönen. Er beseitigt mit kühnem Schriftschwung auf kurzem Dienstweg alle Spuren. Seine Tatwerkzeuge: Taschenmesser, Schreibfeder und schwarze Posttinte. Tritt ihm dabei in der Amtsstube der Schweiß auf die Stirn?

Carl Frehse ist ein Kleinbürger mit dem Hang zum Übermut. Seit 1880 in Neustrelitz im Postdienst, zunächst als Privat-Hilfsbeamter ohne Remuneration, besteht Frehse sechs Jahre später seine Prüfung zum Postassistenten und wird 1887 nach Berlin versetzt. Seine Vermögensverhältnisse sind schlecht und gestalten sich bei einer Tageseinnahme von lediglich drei Mark zunehmend schwieriger. Schließlich werden Zahlungsbefehle gegen ihn erlassen, und seine vorgesetzte Behörde fordert ihn auf, seine Schulden darzulegen. Er gibt die Höhe seiner Verbindlichkeiten mit 686 Mark an und sucht, zurück in Neustrelitz, Trost in den Armen einer Frau.

Wird sie sein Opfer oder seine Retterin? Frehse verlobt sich mit der Dame und fasst wiederholt den Vorsatz, sich seinem künftigen Schwiegervater zu offenbaren. Regelmäßig läuft ihm dann der Schweiß über den Postassistentenrücken. Aber der Schwiegerpapa in spe guckt gar zu geizig in die Welt und vermittelt nicht den Eindruck, besonders spendabel zu sein. So kommt Frehse, von seinen Gläubigern bedrängt, schließlich auf die Idee, in der Neustrelitzer Post Geld aus Briefen zu unterschlagen.

Von Ende April bis Mitte Juni 1892 öffnet er 14 Geldbriefe, die er in amtlicher Eigenschaft zur Beförderung empfangen hat, und nimmt aus zwölf Briefen jeweils 100 bis 300 Mark heraus. Zugleich fälscht er die zur Kontrolle der Eingänge und Ausgänge bestimmten Register und Bücher. Eine zunächst unterschlagene Summe gleicht er mit weiterem Zaster aus, den er zeitnah entführt. Den ersten Brief, der 1300 Mark enthält, und nach Dobbin befördert werden soll, öffnet Frehse am 28. April. Jedoch ist sein Gewissen dieses Mal noch stark genug: Er verschließt den Brief wieder, ohne ihm Banknoten zu entnehmen.

In Neustrelitz beging Carl Frehse 1892
seine Unterschlagungen und Fälschungen.

Am 2. Mai 1892 jedoch geschieht es: Der dienstabtrünnige Schöngeist befingert einen an *C. Bunge* in Ivenack adressierten 685 Mark schweren Brief – und erleichtert ihn um 100 Mark, ohne ihn ins Annahmebuch einzutragen und zu befördern. Einige Tage später leitet Frehse den Brief dann mit der vollen Summe weiter, nachdem er am 3. Mai einen anderen Geldbrief, der 600 Mark enthielt, geöffnet und diesem 100 Mark entnommen hat. So geht es flott weiter. Den letzten Geldbrief öffnet er am 17. Juni 1892 – eine an *Albrecht & Dieckmann* in Rostock adressierte Sendung mit 605,25 Mark – und stiebitzt daraus 300 Mark. Diesen Brief befördert er erst am 15. Juli vollinhaltlich weiter, nachdem er sich mit Hilfe seines Schwiegervaters 600 Mark geliehen hat, um den Schaden zu ersetzen.

In all diesen Wochen des illegalen Geldtransfers transpiriert Carl Frehse mächtig, zuerst geruchlos, dann langsam wahrnehmbarer, zuletzt stechend und sauer und misstrauische Kollegen anlockend. Schließlich werden seine widerrechtlichen Handlungen entdeckt, und es folgt die Verhaftung.

Am 5. Dezember 1892 steht Frehse, 33 Jahre alt und noch unbestraft, vor dem Großherzoglichen Schwurgericht Güstrow. Die *Mecklenburg-Strelitzsche Landeszeitung* berichtet zwei Tage später über die Verhandlung: *»Zu bemerken ist, daß der Post kein Schaden durch den Angeklagten erwachsen ist. Sein früherer Kollege, Oberpostsekretär Schmidt-Malchin, gab ihm ein nicht übles Zeugnis, der sagte von ihm aus, daß der Angeklagte ein stilles Leben geführt und durchaus nichts verschwendet, sein Amt treu verwaltet und die Liebe seiner Unterbeamten besessen habe.«*

Frehse legt ein umfassendes Geständnis ab. Die Geschworenen bejahen seine Schuld, sehen aber zugleich mildernde Umstände. So verurteilt ihn das Gericht – ohne in Schweiß zu geraten – zu zwei Jahren Gefängnis.

Schultz gegen Schultzen

Hexenwahn in Mecklenburg

Im Jahr 1694 wird die Ackerbürgerfrau Benigna Schultzen, die in der mecklenburgischen Kleinstadt Penzlin südwestlich von Neubrandenburg lebt, zum ersten Mal der Hexerei bezichtigt. Eine andere – der Zauberei verdächtigte – Frau hat unter der Folter ausgesagt, auch die Schultzen besitze übernatürliche Kräfte. Bei einer Gegenüberstellung hält die Gemarterte ihre Beschuldigung allerdings nicht aufrecht. Benigna Schultzen kommt davon, die andere Frau stirbt auf dem Scheiterhaufen.

1699 wird in Penzlin erneut eine der Zauberei verdächtige Frau gefoltert und nennt, befragt nach weiteren Hexen in der Stadt, den Namen von Benigna Schultzen. Bei der Gegenüberstellung am 1. August 1699 bleibt die Gefolterte bei ihrer Beschuldigung. Während sie danach hingerichtet wird, flieht Benigna Schultzen aus Angst zu ihrer Schwester, die in Zirzow zwölf Kilometer nordöstlich von Penzlin lebt.

Doch die Ermittlungen laufen, Zeugen werden vernommen, Behauptungen aufgeschrieben. Nach einigen Wochen kehrt Benigna Schultzen nach Penzlin zurück und wird sofort verhaftet. Die Anklage: Es gebe Aussagen, sie sei eine Hexe, sie habe sich dem Verfahren durch Flucht entzogen, Drohungen gegen Mitbürger ausgestoßen, Schadenszauber bewirkt, sie wollte ihren verstorbenen ersten Ehemann mit dem Teufel in Kontakt bringen und habe Kröten geboren. Der Penzliner Stadtrichter Franz Joachim Schultz, ein eifriger Hexenjäger, schreibt an die Juristenfakultät Greifswald und bittet, zur Wahrheitsfindung die Folter einsetzen zu dürfen. Die Greifswalder genehmigen dies, so dass Benigna Schultzen am 3. November 1699 erstmals der »peinlichen

Befragung« – so wird die Tortur offiziell genannt – unterzogen wird. Sie gesteht, nachdem der Penzliner Stadtrichter entgegen den Greifswalder Vorgaben die Folter ausdehnen und wiederholen lässt. Das erpresste Geständnis unterschreibt Benigna Schultzen am 4. November 1699.

Doch die Greifswalder Juristen erklären das Geständnis für ungültig. Richter Schultz ignoriert dies und lässt Benigna Schultzen am 18. Dezember 1699 erneut foltern. Sie erleidet dabei einen Schlaganfall und verliert ihr Sprachvermögen, so dass ein rechtsgültiges Geständnis nicht erlangt wird. Die Greifswalder Juristenfakultät entscheidet darauf am 3. April 1700 auf Landesverweisung. Benigna Schultzen wird aus der Haft entlassen, danach aber nicht des Landes verwiesen. Ist dies ein Verwaltungsfehler? Sie lebt, im Laufe der Zeit des Sprechens wieder mächtig, weiterhin in Penzlin. 1707 wird das Verfahren jedoch wieder aufgenommen und Benigna Schultzen 1708 des Landes verwiesen.

In der Burg Penzlin, in der Benigna Schultzen einst gefoltert wurde, befindet sich heute ein Hexenmuseum.

Doch sie kämpft um ihr Recht und wendet sich nun an Herzog Friedrich Wilhelm von Mecklenburg-Schwerin. Der fordert das Penzliner Gericht auf, die Prozessakten einzusenden. Dem kommt das Gericht nur sehr zögerlich nach, Stadtrichter Schultz erscheint trotz mehrfacher Vorladung nicht. Er weiß, was er getan hat.

Als die Akten schließlich beim Herzog eintreffen, werden sie Benigna Schultzen und ihrem Verteidiger zur Verfügung gestellt. Der fertigt eine lange, gut begründete Verteidigungsschrift an, die dazu führt, dass der Herzog am 4. Februar 1710 alle seit 1699 gegen Benigna Schultzen ergangenen Urteile aufhebt. Sie wird vollständig rehabilitiert. Diejenigen Vermögenswerte, die Richter Schultz sowie der Penzliner Gerichtsherr Baron Heinrich Leopold von Maltzan sich angeeignet hätten, seien der Frau zurückzugeben.

Doch als Benigna Schultzen nach Penzlin zurückkehrt, wird sie von Schultz verhaftet und zwei Wochen lang eingesperrt. Die Rückerstattung von 48 Reichstalern verweigert er. Baron von Maltzan beschlagnahmt das herzogliche Urteil und verbannt Benigna Schultzen aus Penzlin. Wieder wendet sie sich hilfesuchend an den Herzog und erhält im April 1711 einen Schutz- und Geleitbrief, der ihr auch landesweit den Zugang zu Beichte und Abendmahl ermöglicht.

Doch die Penzliner Herren schert das wenig. Richter Schultz entzieht sich weiter der herzoglichen Vorladung und der Vermögensrückerstattung. Allerdings ist er wohl mittlerweile um sein Ansehen gebracht, möglicherweise verarmt und wird von einem Kollegen im Amt überwacht.

Baron von Maltzan gestattet Benigna Schultzen die Rückkehr nach Penzlin nicht. Sie bleibt eine Vertriebene.

In der Twietforter Feldmark

Die Tat des Pantoffelmachers
Johann Joachim Ernst Schleif

Twietfort liegt nicht in den Rocky Mountains, sondern in Mecklenburg, es ist ein kleines Dorf südlich von Plau. Am 15. Juni 1837 findet der Ackerbürger Permin, der gerade nach Plau fährt, mittags an einem Kreuzweg in der Twietforter Feldmark einen schwer verwundeten Mann, der neben einem einspännigen Planwagen liegt. Eine Frau, die ebenfalls angeschossen ist, kriecht umher und ruft um Hilfe, neben den Verwundeten sitzt ein kleines, unverletztes Mädchen. Permin fährt schnell zur Twietforter Mühle, die er in einer Viertelstunde erreicht, und benachrichtigt den Müller.

Inzwischen findet auch der Tagelöhner Dittmann, der gerade einen Botengang nach Plau erledigt, die Verwundeten. Er wendet deren Wagen, legt die Verletzten vorsichtig darauf und bringt – neben dem Einspänner gehend, die Pferdeleine in der Hand – die Leute zur Twietforter Mühle. Unterwegs stöhnt der verwundete Mann leise, es handelt sich um den alten Fuhrmann Hamdorff, die Frau, obwohl äußerst schwach, klagt über Schmerzen und erklärt, dass ihr Ehemann, der Pantoffelmacher Johann Joachim Ernst Schleif aus Plau, die Schüsse abgegeben habe.

In der Mühle werden die beiden Verwundeten auf Stroh und Betten gelegt und mit kaltem Wasser und Essig erfrischt. Gegen 15 Uhr trifft der Wundarzt Christoph Sattler aus Plau ein. Er verbindet die Verwundeten und lässt sie auf einem großen langen Bauernwagen, der mit Stroh und Betten gepolstert ist, nach Plau transportieren.

Für den Fuhrmann kommt die Hilfe zu spät, er stirbt noch am selben Abend. Zwei durchgeführte Obduktionen ergeben, dass er einen Schuss in den linken Unterschenkel erhalten hat, der die großen Blutgefäße unterhalb der Kniekehle zerriss – der Mann verblutete. Die verwundete Frau, Luise Schleif, ist durch zwei Schüsse an beiden Beinen verletzt worden. Sie überlebt und wird – nach Monaten auf dem Krankenlager – wieder gesund.

Der mutmaßliche Täter, der Pantoffelmachermeister Johann Joachim Ernst Schleif, wird noch am selben Tag, an dem die Tat geschehen ist, in Plau festgenommen. Er behauptet zunächst, er habe aus Versehen seine Flinte fallengelassen und auf diese Weise seiner Ehefrau in den Fuß geschossen. Doch in den Verhören und durch etliche Zeugenaussagen kommt nach und nach die Wahrheit heraus, sein Motiv wird deutlich: Seine Frau wollte sich von ihm scheiden lassen und hatte sich schon mehrfach für einige Zeit von ihm getrennt. Nun wollte sie ihren Mann endgültig verlassen. Der Fuhrmann Hamdorff sollte sie zu ihren

Der Pantoffelmacher Schleif lebte in Plau.

Verwandten nach Wittstock bringen. Sie wollte die Tochter ihres Mannes, die dreijährige Ernestine, heimlich mitnehmen.

Der Pantoffelmachermeister war ihnen gefolgt und hatte ihnen in der Twietforter Feldmark aufgelauert. Als er sah, dass sich seine Tochter auch mit auf dem Planwagen befand, geriet er außer sich und verletzte seine Frau durch einen Schuss am Fuß. Ein zweiter Schuss folgte – und traf unbeabsichtigt auch den hinter der Frau am Wagen stehenden Fuhrmann Hamdorff. Der bezahlte dies mit seinem Leben.

Der Täter, 1802 in Rostock geboren, ist ein temperamentvoller, heftiger Charakter, der seine Frau in der Vergangenheit des Öfteren geschlagen hat. Er hatte sie – als Geselle auf Wanderschaft – in Wittstock kennengelernt und sich zunächst dort mit ihr verlobt. Im Sommer 1827 erwarb er das Bürgerrecht in Plau, ließ sich als Pantoffelmachermeister nieder und heiratete seine Luise. Die Ehe stand von Beginn an unter keinem guten Stern, Luise war von ihrer Familie zur Heirat gedrängt worden, sie war kalt und verwehrte ihrem Mann den Beischlaf. So misshandelte er sie mehrfach und stieg zudem mit ihrer Schwester Caroline ins Bett. Diese wurde schwanger und brachte am 10. Oktober 1833 die Tochter Ernestine Schleif zur Welt, die dann in Plau bei ihrem Vater und ihrer Tante, die als Mutter fungierte, lebte.

Nun – in der Haft im Bützower Gefängnis – versucht sich der Pantoffelmachermeister im November 1837 zu erhängen. Doch sein Suizid misslingt.

Das Großherzogliche Criminal-Collegium Bützow verurteilt Johann Joachim Ernst Schleif zu 25 Jahren Zuchthaus.

Der wilde Schankwirt

1519 wird Vicke Sperber hingerichtet

Zu Beginn des 16. Jahrhunderts lebt in Röbel der Schankwirt Vicke Sperber, ein rauflustiger, trinkfester Bursche, der
gern austeilt und – außer Gewinnen und eigenen Vortei-
len – nichts gern einsteckt. Zuvor hat er eine Zeit lang als
Stadtvogt gewaltet und schon damals mit Hilfe dieses Amtes
seine Geschäfte – positiv formuliert – zielstrebig, reibungs-
los und erfolgreich betrieben. Doch irgendwann erhält ein
jeder seine Rechnung.

Ein süffiges Grundnahrungsmittel wird zum Getränk des
Anstoßes: Bier. In jenen Jahren trinken es selbst Kinder in
Mengen, denn das Gebräu ist zu dieser Zeit neben Wein das
einzige halbwegs saubere, genießbare Getränk. Gerade hat
der Bayerische Landständetag 1516 ein Reinheitsgebot erlassen, nachdem Bier nur Gerste, Hopfen und Wasser enthalten darf. Dies gilt aber noch nicht in allen deutschen
Landen, sodass munter weiter allerlei Zutaten beigemischt
werden. Zur Würzung des Bölkstoffes nimmt man zum
Beispiel Eierschalen, Tannenzapfen oder Ochsengalle.

In Mecklenburg ist – auf Betreiben der Städte zur Stärkung
der einheimischen Wirtschaft – der Import fremden Bieres
durch die herzogliche Polizeiverordnung von 1516 verboten.
Der Schankwirt Vicke Sperber schert sich darum aber nicht,
sondern lässt die Hopfenkaltschale in Fässern aus dem 25 Kilometer entfernten brandenburgischen Wittstock beflissen
nach Röbel bringen, weil sie den Leuten hier prächtig mun-
det. Kein Wunder, ist der Saft doch weitgehend mit Malz ge-
braut, das in der Röbeler Wassermühle produziert wird.

Die Feinde und Neider des Sperbers wittern ihre Chance und
zeigen den Importeur an, er wird verhaftet und ins Gefängnis

gebracht. So sitzt der Schankwirt mit seinem Sohn im Röbeler Hohen Tor und lässt fortan, sei es aus Langeweile, sei es aus durstigem Frust, seinen Gefühlen freien Lauf: Er bewirft die Bürger fleißig mit Dachziegeln. Daraufhin trennt man ihn gewaltsam von seinem Sohn und verschafft dem Mann eine andere Bleibe – er kommt in das Mühlentor.

Doch auch das neue Quartier trägt nicht zur Aufhellung seines Gemütes bei. Der Wüterich verrammelt die Gefängnistür von innen, steigt nach oben, schleudert Steine auf die Einwohner herab und stößt zugleich derbe Flüche gegen die Ratsherren aus. Diese erfahren von des Sperbers obszönem Zwitschern und organisieren daraufhin eine kräftige Gegenwehr. Der Schankwirt wird nun vom Fuße des Mühlentores aus beschossen und beworfen, man schafft eine Leiter herbei und rammt mit ihr die Tür ein. Beim anschließenden Handgemenge wird der Unhold mit einer Büchse angeschossen, vom Turm geholt, sofort auf den Marktplatz vor den Richter Joachim Wademeister gebracht und dort

Auf dem Marktplatz in Röbel wurde Vicke Sperber hingerichtet.

vom Rat und der Bürgerschaft angeklagt. Man wirft Sperber u. a. illegalen Bierimport, Eigenmächtigkeiten im Amt, Aneignung städtischen Landes, Beleidigung des Rates und der Bürger, Landfriedensbruch und Körperverletzung vor.

Die Herren machen kurzen Prozess, verurteilen den Schankwirt zum Tod und lassen ihn umgehend auf dem Markt durch den Scharfrichter Heinrich hinrichten. Der Henker stammt – wie das Bier, das Sperber zum Verhängnis wurde – aus Wittstock. Während der abgeschlagene Kopf auf eine Stange gesteckt und vor dem Hohen Tor zur Abschreckung aufgestellt wird, setzt man den Körper Sperbers auf dem Friedhof bei. So gewährt man dem ehemaligen Stadtvogt eine ungewöhnliche Gnade, denn Hingerichtete werden in der Regel außerhalb der Stadt vor der Stadtmauer oder auf dem Galgenberg begraben.

20 Jahre später verklagt Jürgen Sperber, der jüngere Sohn des Hingerichteten, von Güstrow aus den Rat der Stadt Röbel, um den beschlagnahmten Besitz seines Vaters wiederzuerlangen. Die Rechtmäßigkeit des damaligen Todesurteils soll überprüft werden. Wie dieser Prozess ausgeht, ist nicht überliefert. Aber es kommt in diesem Jahr 1539 zu weiteren Gewalttaten, die als Folgen der Ereignisse von 1519 zu betrachten sind.

So wird Joachim Wademeister, Sperbers Nachfolger als Röbeler Stadtvogt, ermordet. Er hatte damals zusammen mit anderen Ratsherren den Schankwirt verurteilt. Und dem Pastor Nicolaus Francke, Protokollant beim Prozess 1539, wird sein Haus angesteckt.

Die Flammen beleuchten hübsch die Szenerie und sind weder mit Wasser noch mit Bier zu löschen. 🔥

Röbel
Mehl auf der Glatze

Wo soll das Korn gemahlen werden?

Am 17. Januar 1598 ist westlich der Müritz einen Wagen unterwegs. Er quält sich durch die verschneite Landschaft, in der vergangenen Nacht hat es zehn Zentimeter Neuschnee gegeben. Der Wagen transportiert – hoch aufgetürmt – eine Reihe von Säcken, die mit einer kostbaren Ware gefüllt sind: Mehl. Es wurde in der Hauptmühle bei Groß-Kelle gemahlen und wird nun zurück nach Röbel gebracht, weil es Bürgern der Stadt gehört.

Plötzlich taucht der Amtshauptmann David Pale mit seinen Gehilfen aus dem Nebel auf, sie zügeln ihre Pferde und versperren den Weg. »Holla, Fuhrmann«, ruft Pale, »bring deinen Gaul zum Stehen, sonst pudern wir dir deine Glatze mit Mehl!«

Der Fuhrwerker erbleicht und stoppt den Wagen. Er weiß, dass mit dem Amtshauptmann nicht gut Körner mahlen ist. Der Beamte, eine launenhafte Großschnauze, residiert auf der 15 Kilometer südlich von hier gelegenen Burg Wredenhagen und nimmt die Verwaltung, Gerichtsbarkeit und Interessen des mecklenburgischen Herzogs wahr. Pale kontrolliert – vom herzoglichen Domanialamt auf der Burg aus – das gesamte Land um Röbel.

»Fuhrmann, die Ladung ist beschlagnahmt. Du brauchst sie nicht weiter in die Stadt zu fahren, wir nehmen das Mehl mit nach Wredenhagen.«

»Wie soll ich das verstehen?«

»Hast du Haferkleie in den Horchern? Das Mehl wird im Namen des Herzogs bis auf Weiteres beschlagnahmt! Steig ab, du kannst zu Fuß nach Röbel stapfen und die Winterlandschaft genießen. Hopphopp.«

Es ist ein Überfall wie er bisher nicht vorgekommen ist, ein vorläufiger Höhepunkt in den Streitigkeiten zwischen der herzoglichen Verwaltung und der Stadt Röbel. Es gärt hier schon länger, auch zwischen Alt-Röbel, das auf herzoglichem Gebiet liegt, und Neu-Röbel, das durch einen eigenen Stadtrat, den Magistrat, regiert wird. Auseinandersetzungen (die insgesamt 400 Jahre zwischen beiden Stadtteilen andauern) gibt es zum Beispiel um die Ansiedlung von Handwerkern und Kaufleuten, um Zunftprivilegien, das Braurecht für Bier, das Brennen von Branntwein, um die Bistums- und Kirchgemeindegrenzen – und um das Mahlen von Korn. In welchen Mühlen dürfen die Bürger ihren Weizen, Hafer und Roggen mahlen lassen? Dürfen sie selbst wählen, oder müssen sie ausschließlich die herzogliche Wassermühle am Röbeler Mühlentor nutzen?

Die Stadtväter – vor Wut haben sie rote Glatzen – wehren sich gegen die Beschlagnahmung des Mehls. Der Magistrat

Auf der Burg Wredenhagen residierte 1598
der Amtshauptmann David Pale.

und die beiden Besitzer der Hauptmühle bei Groß-Kelle, die Adligen Claus Below und Henneke Morin, legen beim Herzog Beschwerde ein und verklagen dessen Amtshauptmann David Pale. Sie kämpfen um ihre geraubten Mehlsäcke, dass es staubt. Sie rudern mit den Armen, dass der entstehende Wind eine Bockwindmühle antreiben könnte. Denn die Empörten lassen sich weder Malz entführen noch Schrot stehlen und schon gar nicht die Butter vom – mangels Mehl allerdings noch ungebackenen – Röbeler Brot nehmen.

Die Geschädigten argumentieren klug: Der Überfall sei auf Röbeler Stadtgebiet passiert und müsse deswegen vom städtischen Gericht geahndet werden. Und: Die Bürger Röbels hätten schon immer frei entscheiden können, in welcher Mühle sie ihr Korn mahlen lassen. Ein Mahlzwang bestehe lediglich für Gerstenmalz, das, falls Wasser vorhanden, in die herzogliche Wassermühle am Mühlentor gebracht werden müsse.

Weil keine schriftlichen Verträge über diese Vorgänge und Gewohnheiten existieren und der Wredenhagener Amtshauptmann David Pale für seinen Herzog auf einem Mahlzwang für sämtliches Getreide in der Wassermühle besteht, geraten sich die Parteien staubend in die Perücken. Ihre Worte prallen aufeinander, dass es knirscht und kracht.

Schließlich wird ein Urteil gefällt, das vor allem dem Herzog nutzt: Die Röbeler erhalten zwar ihre Fuhre Mehl zurück, müssen dafür aber die Freiheit aufgeben, ihr Korn in den Mühlen ihrer Wahl mahlen zu lassen. Es wird ein Mahlzwang eingeführt. Zu nutzen ist fortan ausschließlich die herzogliche Wassermühle in Röbel. Nur wenn sie kein Wasser führt, dürfen wie früher andere Mühlen angefahren werden. Der Amtshauptmann David Pale, die herzogliche Großschnauze, kommt ungestraft davon. Und streut sich triumphierend Mehl auf seine Glatze. 🎄

Falsche Hasen

Eine gefährliche Kaninchenjagd

Stolz und weithin sichtbar steht, etwa 15 Kilometer westlich von Teterow, das Herrenhaus Schlieffenberg auf einem Hügel. Mit seinen drei Stockwerken, zwei mächtigen Türmen, verspielten Schmuckgiebeln sowie der weißen Fassade, in der viele Fenster funkeln, ist es ein kleines Schloss, von dem aus man nach Süden über den fischreichen Schlieffenberger See blickt. Das Haus – 1802 in klassizistischem Stil errichtet, 1858 bis 1863 neugotisch umgebaut und prächtig erweitert – befindet sich im Eigentum der Familie von Schlieffen. Ihr gehören seit 1781 auch die Ländereien ringsumher: Dörfer, Felder und Wälder. Hier hoppeln edle Hasen und heben aristokratisch ihre Nasen.

Irgendwann ändern sich die luxuriösen Zeiten für die Schlossherren. Nachdem Gutsherr Wilhelm von Schlieffen 1902 stirbt, muss für die Unterhaltung des Anwesens dringend schnöder Zaster her. Darum wird das Jagdgelände an Dr. Carl Eckert aus Berlin verpachtet. Eckert, Jahrgang 1861, Sohn des Komponisten Carl Anton Eckert und preußischer Stabsarzt a. D., setzt sich in Schlieffenberg zur Ruhe, um dem Weidwerk zu frönen. Der Doktor behandelt nun keine Hühneraugen und Furunkel von Soldaten mehr oder rettet deren Leben, sondern trachtet arglosen Fasanen, Rehen und Füchsen nach dem ihrigen – bis er an einem friedlichen Wintertag selbst zur Strecke gebracht wird.

Am 27. Dezember 1909 ist Eckert mit zwei Bekannten, dem Rentier Bang und dessen 21-jährigem Sohn Ferdinand aus Zehlendorf bei Berlin, auf der Pirsch im Schlieffenberger Revier. Der Medizinmann a. D. hat beide zur Jagd eingeladen, um ihnen – mit Adlerauge und Gewehr – seine

Treffsicherheit an mecklenburgischen Wildkaninchen zu demonstrieren. Der junge Gast, ein Jurastudent, hat vom Jagen keine Ahnung, erhält aber ebenfalls eine Flinte, um ein paar Nager zu erlegen. Doch der Schlieffenbergplan geht nicht auf. Ein Kaninchen verspürt keine Lust, sich seinen Pelz durchlöchern zu lassen und dreht den Herren eine Schnuppernase. Als die Jäger im Park stehen, hoppelt es ihnen zunächst provozierend vor die Flinten. Meister Eckert gibt seinen Begleitern sofort Kommandos, springt selbst aufgeregt hin und her und gelangt – als der falsche Hase vor seinen Fressfeinden flüchtet – selbst ins Schussfeld. Derweil hat Ferdinand Bang das Jagdfieber gepackt. Er peilt den Braten an, meint, aus echtem Schützenschrot und -korn zu sein, zielt schlingernd und drückt ab. Sein Schuss verfehlt den Mümmelmann vollständig, die Ladung landet allerdings nicht irgendwo im Nirgendwo, sondern setzt vielmehr den Stabsarzt a. D. endgültig außer Dienst. Etwa 90 Schrotkörner dringen dem Meister aus acht Metern Entfernung in die Seite, der Rest wird durch sein Portemonnaie abgehalten. Das Langohr hüpft munter davon.

Blick über den Schlieffenberger See
zum einstigen Standort des Herrenhauses.

Sofort wird Professor Ernst Ehrich aus Rostock telegrafisch zu Hilfe gerufen, der Notverbände anlegt, außerdem eilt Professor Dr. Keller aus Berlin nach Schlieffenberg. Eckert wird ins Universitätskrankenhaus nach Rostock gebracht und operiert, dabei entfernt man ihm einen Großteil der Schrotkörner. Dennoch stirbt er am 31. Dezember 1909 an den Folgen seiner Verletzungen. Die Beisetzung findet in Berlin statt.

Der Schütze Ferdinand Bang muss sich am 19. März 1910 vor dem Landgericht Güstrow verantworten. Das *Demminer Tageblatt* berichtet: »*Dem Angeklagten wurde nun zu Last gelegt, dadurch fahrlässigerweise den Tod des Dr. Eckert verursacht zu haben, daß er auf ein davoneilendes Kaninchen einen Schuß abgab, ohne sich von dem Standorte seines Jagdbegleiters, des Dr. Eckert, unterrichtet zu haben. Die Sachverständigen erklärten im wesentlichen übereinstimmend, daß Dr. Eckert äußerst unvorsichtig gehandelt habe, wenn er mit einem jungen, völlig jagdunkundigen Manne auf die Kaninchenjagd ging, ohne ihm besondere Verhaltensmaßregeln zu geben. Auch hätte er sich das Unglück allein zuzuschreiben, weil er seinen Standort verlassen und sich in die Schußlinie begeben habe. Hiernach treffe den Angeklagten, der lediglich nach der Weisung des Dr. Eckert gehandelt habe, kein Verschulden.*« Daraufhin spricht das Gericht den Studenten frei. Er jagt nie wieder – weder echte noch falsche Hasen – in Schlieffenberg.

Und das Anwesen der Schlieffens? Das Gut wird 1930 zwangsversteigert, 1947 brennt das Schloss nieder, in den 1960er Jahren werden Wirtschaftsgebäude abgebrochen. Heute stehen nur noch das Inspektorhaus, die Gärtnerei, der Reitstall und eine Remise.

Hoppeln dazwischen noch immer Kaninchen und heben listig ihre Nasen?

Ein Richter vor Gericht

Die Nöte des Julius Wilhelm Heinrich Paschen

Manchmal liegen die Dinge verquer und verhalten sich Menschen anders als vorgesehen, schlimmer noch – sie tun genau das Gegenteil. Manchmal steigt den Einflussreichen ihre Macht zu Kopf, und sie nutzen lebhaft ihre Positionen aus – manchmal sogar, um Verbrechen zu begehen. Hin und wieder erliegen selbst ehrwürdige Richter der Versuchung, lange Finger zu machen. Folgende Begebenheit aus Mecklenburg erinnert an Heinrich von Kleists Komödie »Der zerbrochene Krug«, auch wenn vorliegend die mecklenburgische Hauptfigur, der Amtsrichter Julius Paschen, im Jahr 1905 nicht als Richter über eigene Straftaten zu Gericht, sondern als Beschuldigter auf der Anklagebank sitzt. Die Umstände, die dazu führen, sind lange Zeit nicht vorhersehbar.

Julius Wilhelm Heinrich Paschen, am 13. Mai 1836 in Schwerin geboren, ist ein Sohn des Regierungs-Registrators, späteren Ministerial-Sekretärs, bedeutenden Geodäten und Astronomen Friedrich Heinrich Christian Paschen. Während sich der Vater als mecklenburgischer Landvermesser große Verdienste erwirbt und dafür 1860 zum Hofrat ernannt wird, während ein älterer Bruder Karriere bei der Marine macht und bis zum kaiserlichen Admiral aufsteigt, avanciert Julius im Laufe seines Lebens zum schwarzen Schaf der Familie, zum Betrüger und Mündelgeld-Veruntreuer.

Wie wird dieser Junge aus bestem Hause zum gierigen Gauner? Zunächst besucht er das Schweriner Gymnasium Fridericianum, das er Ostern 1856 verlässt, danach studiert er in Göttingen, München und ab Herbst 1859 in Rostock Jura. Noch verläuft sein Leben in geordneten Bahnen, noch wandelt er auf bürgerlichen Pfaden. 1864 wird Paschen Amtsverwalter, ein Jahr später heiratet er, aus der Ehe gehen zehn Kinder hervor – mit jedem einzelnen erhöhen sich die finanziellen Bedürfnisse der Familie. 1879 wird Paschen Amtsrichter in Bützow und bezieht nun ein jährliches Gehalt von 5 000 Mark. Doch in den folgenden Jahren fällt irgendetwas vor, das mit seinem Amt offenbar nicht vereinbar ist, denn 1890 wird Paschen nach Stavenhagen strafversetzt. Damit wachsen seine Nöte. Er besitzt nämlich weiterhin ein Haus in Bützow. Dieser Umstand sowie die Umschulung seiner Kinder, die sich nicht ohne Weiteres bewirken lässt, erfordern die Führung eines doppelten Haushaltes. Paschen ist genötigt, Schulden zu machen, obwohl er in Stavenhagen zuletzt das Höchstgehalt eines Amtsrichters – jährlich 7 000 Mark – erhält.

Da die Gläubiger schließlich drängen, bricht Paschen der Schweiß unter der Robe aus, und er gerät vollens auf die

Ein Amtsrichter als Defraudant. In dem Städtchen Güstrow gelangte vor dem Schwurgericht ein Prozeß zur Verhandlung, wie er zu den größten Seltenheiten gehört. Auf der Anklagebank saß ein würdig aussehender Herr mit weißem Haupt- und Barthaar, Amtsrichter Heinrich Julius Paschen aus Stavenhagen. Er war angeklagt, sich der Fälschung öffentlicher Urkunden und zwar in erheblichem Umfange sowie der Unterschlagung amtlicher Gelder und des Betruges schuldig gemacht zu haben. Der Angeklagte, der sich seit dem 25. August 1905 in Untersuchungshaft befindet, ist am 15. Mai 1836 geboren, evangelischer Konfession. Es wird dem Angeklagten zur Last gelegt, daß er sich auf alte, wertlose Hypothekenscheine bei mecklenburgischen Banken Geld verschafft habe. Später hat er selbst Hypothekenscheine hergestellt und diese bei einer Reihe von Banken, zum Teil auch bei Privatleuten, versetzt. Er hat sich dadurch beträchtliche Summen verschafft. Außerdem hat er sich unter Vorspiegelung falscher Tatsachen bei einer Anzahl Privatleute Darlehen verschafft, ferner soll er ein amtliches Schriftstück beschädigt haben, und endlich hat er ihm in seiner amtlichen Eigenschaft anvertraute Gelder unterschlagen. Der Angeklagte bemerkt auf Befragen des Vorsitzenden: Ich habe bereits ein volles Geständnis abgelegt. Ich gebe auch heute die mir zur Last gelegten Straftaten zu. Ich stelle nur die verschiedenen Versuchsverbrechen in Abrede. Der Angeklagte bemerkt auf Befragen des Vorsitzenden: Er sei 1864 Amtsverwalter geworden. 1865 habe er geheiratet. Der Ehe entsprossen zehn Kinder, von denen acht am Leben sind. 1879 wurde er Amtsrichter in Bützow. Als Amts-

Das »Berliner Tageblatt« berichtete am 11.12.1905 über den Fall.

Marschroute der Missetaten: Unter Benutzung des Gerichtssiegels und der im Gericht aufbewahrten Formulare fälscht er Hypothekenscheine und Grundschuldbriefe und gibt sie als Sicherheiten für Anleihen hin, die er bei Banken aufnimmt. Er verschafft sich auch unter Vorspiegelung falscher Tatsachen Kredite bei Privatleuten, führt vereinnahmte Gerichtsgebühren nicht an die Kasse ab und unterschlägt sogar Mündelgelder, die er als Vormundschaftsrichter empfangen hat.

Irgendwann fliegt die Sache auf: Am 25. August 1905 kommt der Amtsrichter in Untersuchungshaft, am 9. Dezember 1905 steht er in Güstrow vor Gericht. Über die Verhandlung berichtet das *Berliner Tageblatt* zwei Tage später: *»In dem Städtchen Güstrow gelangte vor dem Schwurgericht ein Prozeß zur Verhandlung, wie er zu den größten Seltenheiten gehört. Auf der Anklagebank saß ein würdig aussehender Herr mit weißem Haupt- und Barthaar, Amtsrichter Heinrich Julius Paschen aus Stavenhagen. Er war angeklagt, sich der Fälschung öffentlicher Urkunden und zwar in erheblichem Umfange sowie der Unterschlagung amtlicher Gelder und des Betruges schuldig gemacht zu haben [...] Auf Antrag des Ersten Staatsanwalts stellt der Vorsitzende fest, daß [...] ein Gesamtschaden von fast 22.000 Mark entstanden sei.«*

Weil Paschen ein umfassendes Geständnis abgelegt hat, wird auf die Vernehmung der meisten Zeugen verzichtet. Der Zeuge Pastor Wedemeyer sagt aus, Herr Paschen habe geradezu unter seinem gesellschaftlichen Stand gelebt. Er sei beim Publikum sehr beliebt und gegen jedermann äußerst zuvorkommend gewesen.

Das Gericht ist nachsichtig gegenüber dem frevelhaften Kollegen. Es erkennt mildernde Umstände und verurteilt Paschen lediglich zu fünf Jahren Gefängnis und zu fünf Jahren Ehrverlust. Damit haben seine Betrügereien ein Ende, seine Nöte allerdings nicht.

WOLDEGK
Flachsköpfe

1892 kommt es in der Stadt zum Aufruhr

Im Lokal des Gastwirtes Schlichting in Woldegk finden regelmäßig Tanzvergnügen großen Anklang, so auch am Sonntag, den 9. Oktober 1892. Wie üblich haben sich Leute aus der Stadt und den umliegenden Dörfern eingefunden, um sich zu amüsieren. Sie wollen den Alltag, die schwere Arbeit auf den Feldern oder die Armut ihres Lebens vergessen – und einen Abend lang fröhlich sein. Es ist ein lärmendes Fest, bei dem die Damen schnattern und juchzen und die Herren sich den Bierschaum von ihren gezwirbelten Schnurrbärten wischen.

Mit dabei sind auch der vorbestrafte Knecht David Konkel, die Knechte Wilhelm Rütz aus Pasenow und Ernst Schmidt aus Wolfshagen sowie ein paar ihrer Kumpane. Sie sitzen herum, rauchen Zigaretten und beliefern ihre unberührten Geister fleißig mit Kornbränden und Obstgeistern. Irgendwann fällt Rütz – nicht vom Stuhl, so weit ist es noch nicht – aus dem Rahmen: Er beträgt sich auf das Ungebührlichste. Die anwesenden Polizeidiener Horn und Boye greifen zu und nehmen ihn fest. Doch Rütz ist nicht nur talentiert im Trinken, sondern auch im Türmen: Er kann flugs nach draußen entweichen.

Inzwischen ist es 23 Uhr geworden. Um die Ordnung im Lokal wieder herzustellen, verkünden die Polizeidiener den Trinkergesellen um Konkel und Schmidt, sie sollten besser alle nach Hause gehen, bevor noch Weiteres und Schlimmeres passiere. Murrend willigen die Knechte ein.

Doch der Birnenbrand brennt auch in den Birnen anderer Anwesender. Denn beim Verlassen des Lokals wird Ernst Schmidt von einem anderen Mann, einem gewissen Reincke, gestoßen. Ergrimmt ruft er seinen Zechbrüdern, die schon draußen sind, zu: »Ihr seid mir schöne Freunde! So steht ihr mir bei.«

Wilhelm Rütz – der zuvor aus den Fängen der Polizei Entwichene – fühlt sich von diesem Hilferuf besonders angesprochen und befiehlt daher seinen Genossen: »Stillgestanden! Und nun sage ich euch, wer nicht mitkommt, kriegt Prügel!« Sofort macht der Haufen kehrt und eilt lärmend zurück zum Schlichting'schen Lokal. Weil dort inzwischen die Tür von innen verschlossen ist, werfen die Empörten eifrig Steine gegen die Pforte und rufen nach dem Übeltäter Reincke. Wie zu erwarten, taucht der nicht auf, dafür erscheinen die Polizeidiener mit finsteren Mienen. Sofort macht der Haufen wieder kehrt und läuft zum Tor hinaus, dieses Mal jedoch von den Polizeidienern entschlossen verfolgt.

Über die nun folgenden Geschehnisse berichtet die *Mecklenburg-Strelitzsche Landeszeitung* am 13. Dezember 1892: *»Außerhalb des Thores nahm Konkel die Führung und rief: ›Still gestanden!‹ und den Polizeidienern rief er zu: ›Kommt heran, Ihr Flachsköpfe!‹ Und mit geschwungenen Stöcken mar-*

In Woldegk kam es zum Rambazamba.

schierten sie den Polizeidienern entgegen. Diese indessen, die ständig mit einem Seitengewehr bewaffnet sind, zogen blank und rückten der Rotte auf den Leib. Als diese die Waffen blitzen sah, floh sie eilends davon. Konkel kam dabei zum Fall und ward arretiert. Er gab sich aber nicht gutwillig gefangen, sondern widersetzte sich auf das heftigste, mit Armen und Beinen um sich schlagend und stoßend. Dabei verletzte er den Polizeidiener Horn am Schienbein derart, daß dieser 3 Wochen dienstunfähig ward.«

Die Szene ist hübsch anzusehen. Bei der Verhaftung von Konkel gebärden sich auch seine Kumpane wie Schulpimpfe. Fortwährend feuern sie ihre Anführer zum Widerstand an und bewerfen die Polizeidiener mit Steinen. Letztlich obsiegen jedoch des Kaisers treue Büttel, sie beenden das Rambazamba der betrunkenen Flachsköpfe.

Zwei Monate nach dem Geschehen, am 10. Dezember 1892, stehen insgesamt elf Männer als Angeklagte vor dem Schwurgericht Güstrow. Sie werden des Landfriedensbruchs und Aufruhrs in Woldegk beschuldigt. In der Verhandlung gestehen sie zwar ihre Taten, die Hauptschuld aber versucht einer auf den anderen zu lenken. Das ist wenig überraschend. Ihr Verteidiger, Hofrat Diederichs aus Güstrow, beantragt mildernde Umstände.

Das Gericht verurteilt die Angeklagten schließlich wegen Aufruhrs und Widerstandes gegen die Staatsgewalt, lässt aber Gnade walten: Konkel erhält zehn Monate, Rütz und Schmidt je acht Monate Gefängnis. Die anderen acht Zechbrüder kommen mit Gefängnisstrafen zwischen vier und sieben Monaten davon.

Vorpommern

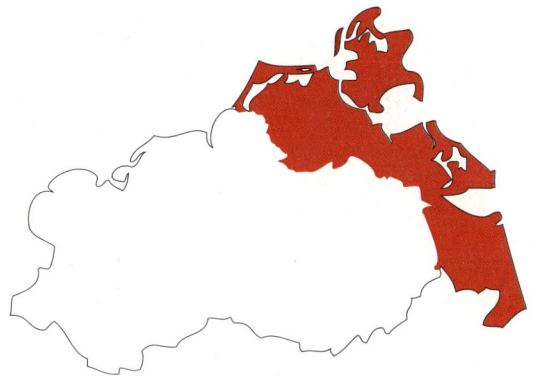

BEHRENSHAGEN
Die Sache mit dem Wagenschirm

Zahlen Sie gern Chausseegeld?

Am 9. Februar 1887 ist der Stralsunder August Schmidt mit
Pferd und Wagen in Vorpommern unterwegs. In Behrenshagen, vier Kilometer östlich von Damgarten, gelangt der
Schlächtermeister an die dortige Chausseegeld-Hebestelle.
Sie ist ein großes Ärgernis für ihn, weil er auf jeden Pfennig
schielt, den er mit seiner Knochenknackerei verdient. Aufgrund der hier im Dorf zu entrichtenden Straßenmaut gerät sein seelisches Gleichgewicht in eine anschauenswerte
Schieflage.

In Preußen müssen zu dieser Zeit für die Benutzung einiger
Privat-, Kreis- und Aktienchausseen noch Gebühren bezahlt
werden, als Grundlage dafür dient eine *»Allerhöchste Kabinetsordre«* des preußischen Königs vom 29. Februar 1840.
Nach ihr ist für *»eine Meile von 2000 Preußischen Ruthen«*
(7,532 Kilometer) zum Beispiel für jedes Zugtier von Fuhrwerken und Schlitten, die Personen oder Lasten befördern,
ein Silbergroschen zu entrichten; für unbeladene Frachtwa-
gen müssen pro Zugtier acht Pfennige bezahlt werden und
für unangespannte Pferde oder Maultiere vier Pfennige.
Selbst für einfache Rindviecher und Esel sind zwei Pfennige
fällig. Dagegen rollen königliche Kutschen und Militär-
fuhrwerke kostenlos über die Landstraßen – in den rollenden Augen unseres grollenden Schlächters ist das eine rau-
borstige Schweinerei.

Auch in Behrenshagen werden die Wegegelder von einem
Wärter kassiert, der einen bestimmten Straßenabschnitt ge-
pachtet und für dessen Unterhaltung verantwortlich ist. Er
wohnt in einem Chausseehaus, das direkt an der Straße
steht. Ein Schlagbaum versperrt den Weg, erst wenn die

Maut entrichtet worden ist, gelangt man weiter. Schlächter Schmidt stoppt also seinen Wagen, steigt herab und will die Schranke – ohne zu bezahlen – eigenmächtig öffnen. Da spurtet Chausseegeld-Erheber Hoth aus seinem Haus und ruft mit hoher Stimme: »Bliff stahn, ik krich ierst 'n Sülwergroschen von di för dien Pierd!«

Schmidt glotzt den Wärter an wie den Lungenwurm eines Esels: »Groschen? Wecke Fleig hett di denn stäken? Du krichst statt dei Maut höchstens wat up dien Mul, dömlicher Äsel!«

»Is dat 'ne Beleidigung?« »Nee, dei Wohrheit.«

»Dat geiht so nich, Meister, för dien Klepper mööst du betahlen!« Der Pächter hält die Hand auf. Diese Geste drückt unserem Schlächter weiter aufs Gemüt. Um sich Erleichterung zu verschaffen, ersinnt er eine Lösung, die seine Beschwerden augenblicklich lindert: Er schlägt dem Wärter ungeschlacht auf dessen runzelige Rübe. Als Werkzeug dient ihm dazu kein Hackebeil, sondern ein alter Wagenschirm, den er vom Kutschbock zieht und dem Zolleintreiber über die Stirne treibt: »Dor hest dien Groschen!«

In Behrenshagen bi Damgoorden geef dat 1887
Stunk üm dei Stratenmoneten.

Hoth torkelt hin und her: »Ik ... will ... mien Daler, nich ... dien Schirm.« Schmidt lacht: »Wat einer will, dat kricht hei nich, un wat hei kricht, dat will hei nich.« Sein nächster Hieb schirmt den Wärter vollends vom Sonnenlicht ab, beendet dessen Wachzustand und lässt ihn wie eine Rinderhälfte gegen sein Haus sacken. Flink öffnet der Schlächter nun den Schlagbaum, springt auf seinen Wagen und gibt – die Peitsche schwingend – anstelle des Wegegeldes fleißig Fersengeld.

Doch dem Arm des preußischen Gesetzes ist mit der schnellsten Kutsche nicht zu enteilen – schon gar nicht mit dem Rumpelfuhrwerk unseres Wurstmachers. Der Wagenschirm-Haudrauf wird ermittelt und muss sich am 27. Mai 1887 vor dem Schöffengericht Stralsund verantworten. Da dem Gericht nichts darüber vorliegt, ob der geschädigte Hoth wirklich vereidigter Pächter oder nur Stellvertreter seiner Mutter ist, wird ein neuer Termin anberaumt, es soll dazu eine amtliche Auskunft vom Kreisausschuss eingeholt werden.

Beim zweiten Termin am 17. Juni 1887 werden dem angeklagten Fleischhacker die Hammelbeine langgezogen. Die Vorwürfe: Er habe kein Chausseegeld in Behrenshagen entrichtet, den Pächter mit groben Worten beschimpft, ihn körperlich misshandelt und in der Ausübung seines Amtes angegriffen. In der Verhandlung stellt das Gericht allerdings fest, dass der schirmlädierte Hoth bloß der Vertreter seiner Mutter sei und nicht als Beamter angesehen werden könne. Schmidt wird daher »nur« der Beleidigung, Körperverletzung und Übertretung der Kabinetsordre vom 29. Februar 1840 für schuldig erachtet und zu 133 Mark Strafe (alternativ: zu elf Tagen Gefängnis) verurteilt.

Der Mettmeister mault noch über die Maut, akzeptiert aber, dass die Abreibung, die er Hoth gegeben, eben Folgen hat: »Wer sich an'n Äsel schüert, kricht gries Hor.«

Unheiliges Allerheiligen

1409 wird der Stralsunder Bürgermeister Wulfhard Wulflam auf Rügen ermordet

Alles hat seine Vorgeschichte, alles hat seine Motive. Vorfälle aus der Vergangenheit drängen in die Gegenwart, beeinflussen sie und bestimmen auf fatale Art und Weise die Zukunft mit. Auch in Stralsund.

Hier lebt im 14. Jahrhundert Wulfhard Wulflam, er ist der älteste Sohn des berühmten Stralsunder Bürgermeisters Bertram Wulflam. Schon früh entwickelt er jenen unseligen Standesdünkel, den seine einflussreichen, reichen Eltern ihm vorleben. Auf Dauer bekommt ihm der Hochmut nicht. Doch zunächst verbringt Wulfhard viele unbeschwerte Jahre, er wird früh an die städtischen Amtsgeschäfte herangeführt. Die pommerschen Herzöge ernennen ihn zum fürstlichen Rat, in dieser Funktion dient er ihnen bei zahlreichen Anlässen. Von 1381 bis 1385 verwaltet er im Auftrag der Hanse das südskandinavische Schonen. Wulfhard ist ein Mensch, der den eigenen Vorteil sucht und meist auch findet. In der Burg Tribsees, die an der Grenze zu Mecklenburg Wegelagerern und Räubern trotzen soll und ihm untersteht, gewährt er offenbar genau solchen Leuten – adligen Raubrittern – Unterschlupf. Seine zweite Hochzeit feiert er in Stralsund mit großem Pomp und zieht dadurch mächtige Missgunst auf sich. Eine Expedition der Hanse, die er gegen Piraten auf der Ostsee befehligt, bleibt in den Jahren 1385/86 erfolglos.

Dennoch zieht Wulhard Wulflam 1385 in den Stralsunder Stadtrat ein und wird zwölf Jahre später – nach einigen Turbulenzen, dem zwischenzeitlichen Verlassen der Stadt und einem schließlich erfolgreichen Kampf gegen seinen Widersacher Karsten Sarnow – 1397 zum Bürgermeister gewählt. In den folgenden Jahren gelangt er zum Höhepunkt seiner Macht. Wulflam agiert international, vermittelt u. a. in einem Streit zwischen der dänischen Königin und dem Deutschen Ritterorden und greift bei Unruhen in Stralsund energisch durch: Er lässt die Unruhestifter kurzerhand auf dem Scheiterhaufen verbrennen.

So macht sich der impulsive, despotische Mann nicht nur Freunde, sondern auch Feinde. Zu ihnen gehört der Ritter Starke Zuhm aus Kaiseritz auf Rügen. Zunächst ein enger Vertrauter Wulflams, überwirft sich der Ritter irgendwann mit dem Bürgermeister und wird am 2. März 1405, als er mit dem Fährboot von Rügen nach Stralsund übersetzt, von Mitfahrenden ermordet. Sein Sohn Thorkel Zuhm, der mit an Bord ist und Augenzeuge der Tat wird, überlebt. Den Leichnam des Ritters tragen die Fährleute in Stralsund vor das Wohnhaus des Bürgermeisters am Alten Markt (das noch heute bekannte, prunkvolle Wulflamhaus) und legen

Auf dem Kirchhof in Bergen wurde Wulfhard Wulflam 1409 getötet.

ihn hier, wo Zuhm immer eingekehrt ist, nieder. Der Bürgermeister ist darüber außer sich, tritt ans Fenster und schreit, man solle »das Biest« von seinen Türen fortbringen. Verrät sich hier der Auftraggeber der Mörder? Oder ist Wulflam unschuldig, hat aber Angst, dass der Verdacht entsteht, er habe etwas mit der Tat zu tun?

Alles hat seine Vorgeschichte, alles hat seine Motive. Der Sohn des Ermordeten, Thorkel Zuhm, sinnt auf Rache. Er hält Wulflam für schuldig und begleicht Jahre später Gleiches mit Gleichem. Am 1. November 1409, dem Allerheiligentag, an dem die Christen aller Heiligen gedenken und entsprechende Gottesdienste durchführen, bietet sich ihm die Gelegenheit. Sein Feind Wulfhard Wulflam hält sich in Bergen auf. Auf dem Kirchhof der Stadt tritt Thorkel Zuhm auf seinen Gegner zu – und ersticht ihn.

Der Mord auf heiliger Erde an einem heiligen Fest bringt dem Täter nur kurz Genugtuung. In der allgemeinen Verwirrung kann er zwar fliehen, doch das Unheil verfolgt ihn. Bewaffnete aus Stralsund rücken in den nächsten Tagen an, suchen nach ihm und zerstören, da sie Zuhm nicht aufspüren, seinen Hof in Kaiseritz.

Es folgt eine fünfjährige Fehde der ganzen Sippe der Zuhms mit der Stadt Stralsund. Sie wird erst im Juni 1414 durch die Vermittlung des pommerschen Herzogs Wartislaw VIII. beigelegt. Die Stadt bezahlt den Zuhms 1800 Mark Entschädigungsgelder, die Familie Zuhm muss dafür die Hand des ermordeten Wulfhard Wulflam – als Zeichen der Beendigung des Konfliktes – in einer feierlichen Prozession mit 200 Rittern und Knappen sowie 200 Frauen und Jungfrauen in der Stralsunder Nikolaikirche zu Grabe tragen.

Der Mörder Thorkel Zuhm bleibt jedoch von der Versöhnung ausgeschlossen. Seine Zukunft wird für immer von seiner Vergangenheit bestimmt, denn die Stralsunder dürfen ihn richten, wo immer sie seiner habhaft werden.

Das Gelbe vom Schwein

Ein Verstoß gegen das Nahrungsmittelgesetz

Im Januar 1888 zuckelt der Demminer Handelsmann Otto Hall mit seinem Fuhrwerk übers Land. Der findige Bauernfänger ist wieder auf Einkaufstour und gelangt dabei auch nach Schönfeld zehn Kilometer südwestlich Demmins. Hier kommt er mit dem Hofbesitzer Burmeister ins Geschäft und beschwatzt diesen, ihm das Fleisch eines geschlachteten Schweines zu verkaufen. »Du büst wohrlich 'n schwienplietscher Schlawiner, Otto, du sabbelst as 'n Waderfall«, sagt Burmester lachend. »Un du hest uk 'ne lose Schnut«, antwortet Hall gutgelaunt, »kannst 'n Küken as 'n Adebor verköpen orrer 'n Farken as 'n Äwer.« Er weiß zu schmeicheln, weil die etwa 100 Kilogramm nur zehn Mark kosten.

Die beiden Männer begießen das Schnäppchen mit einem Schnäpschen aus einer Flasche, die Hall hervorholt, weil ein Korn, der in Maul und Magen brennt, gerade im Winter die Handels- und Lebensgeister erhält. »De Köm is gaut un geiht in't Blaut«, grunzt Burmeister. »Holl dien Mul un süpp, mien lütter Schwiensdriewer, de Kömbuddel kann lerrig warden«, erwidert Hall. »Jau, wat möt, dat möt, dor helpt ja nix. Manning, ik glöf, ik heff all 'n Lütten sitten. Proost!« ruft Burmester heiter und gießt sich noch ein Glas in den Schlund. Eigentlich hat er das gerade verkaufte Fleisch für ungenießbar erachtet, weil es innen eine intensiv gelbe Farbe aufweist. Doch Hall hat ihn beruhigt: »Ik will dat Schwien bloots as Futteraasch för Hunn' hebben. Kein Minsch kricht dat tau fräten.«

Zurück in Demmin lenkt der gewiefte Handelsmann sein Fuhrwerk jedoch schnurstracks zum Schlächter Louis Krooß, besingt seine in Schönfeld erworbene Ware in den

ausgesuchtesten Tönen – und verkauft sie für gut 40 Mark.
Damit macht Hall einen Gewinn von über 300 Prozent:
»Dor heff ik wohrlich Schwien hatt, dat ik nu kein Schwien
mihr heff.« Vergnügt zuckelt er nach Hause.

Aber auch Schlächter Krooß will das Fleisch nicht lange behalten, denn als Fachmann sieht er: Das Kotelett ist nicht
das Gelbe vom Ei, sondern eher das Gelbe vom Schwein.
Zum Teufel, der Braten schaut innen nicht rosig aus, sondern käsig wie alte Füße. Noch am selben Abend sucht
Krooß die Schwarte daher wieder loszuwerden, schwungvoll
versucht er alles Frau Schlächtermeister Rosenkranz aufzu-
schwatzen: »Nabend, leiwe Fru, ik heff hier wat Gaudet för
Sei, 'n Schwiensbraden mit Musik!« »Wurher kümmt dat
Fleesch?« »Dat's all von ein'n Schlachter ut Schönfeld. Kieken Sei eis, sünd dat nich 'n por schmucksche Schinken.
Dor könen acht Mannslüd schlampampen!« Frau Rosenkranz lässt sich überzeugen und nimmt beide Schinken zum
Preis von 45 Pfennig pro Pfund. Bei schlechtem Licht er-

In Demmin verköffte Otto dat gäle Schwien an Louis,
un de verhökerte dei schlichten Schinken wieder.

kennt sie die ungesunde Farbe des Fleisches nicht. Erst am nächsten Tag bemerkt sie den Betrug, läuft zu Krooß und macht Spektakel: »Du Halsafschnieder, Sauarsch, Lögenmul, du hest mi anschäten!« Sie bekommt daraufhin ihr Geld zurück.

Auch die Polizei wird informiert und schickt den Tierarzt Dr. Sorge in die Schlächterei von Krooß: »Gauden Morgen, ik sull dat Schwien bekieken, wovon du Fleesch an de Rosenkranz verköfft hest. Dat sull nich mihr gaut sien.« »Wer secht dit?« »De Rosenkranz.« »Ach, dat's 'ne grote Sabbeltrien, maakt ut'n Furz 'nen Dunnerschlach!« Dr. Sorge lässt sich nicht beirren, untersucht das geschlachtete Schwein und stellt fest, dass es an hochgradiger Gelbsucht gelitten hat. Außerdem wird bei Krooß – hol der Teufel alle Würmer – noch verdorbenes Rindfleisch gefunden. Die Vorräte werden beschlagnahmt und der Abdeckerei überwiesen, gegen Otto Hall und Louis Krooß erhebt die Staatsanwaltschaft Anklage.

Die beiden erklären am 3. August 1888 in der Verhandlung vor dem Königlichen Landgericht Greifswald, sie seien nicht schuldig, vor allem weist Krooß darauf hin, dass er den üblichen Preis für das Schwein bezahlt habe. Doch die Sachverständigen, Kreisphysikus Dr. Otto Beumer und Tierarzt Dr. Sorge, stellen klar: Das Fleisch war verdorben und zur menschlichen Nahrung nicht geeignet. Das Gericht erkennt einen Verstoß gegen das Nahrungsmittelgesetz und verurteilt die Männer zu je drei Monaten Gefängnis und den Verlust der Ehrenrechte für ein Jahr. Zu dieser Entscheidung trägt bei, dass die beiden schon mehrfach vorbestraft waren: Hall wegen Diebstahls, vorsätzlicher Misshandlung und Schankvergehens, Krooß wegen Diebstahls, Hausfriedensbruchs und Bettelns. Auch dieses Mal haben sie letztlich kein Schwein gehabt und erhalten die nächste Kerbe auf ihrem Sündenholz. 🐷

Feuerwasser

Wie ein Hotelbrand in der Stadt gelöscht wurde

Die Kameraden der Brandbekämpfung arbeiten berufsbedingt bei hohen Temperaturen und geraten deshalb selbst in kühlen Oktobernächten, bei Regen oder im Winter regelmäßig ins Schwitzen. Darum haben sie oft großen Durst und löschen mitunter – erhalten sie Zugang zu entsprechenden Vorräten – nicht nur äußere, sondern zugleich ihre inneren Brände. Dass die Elemente Feuer und Wasser dabei überraschende Allianzen eingehen, beobachten die Franzburger in einer denkwürdigen Nacht im Winter 1913.

Am Morgen des 2. Januar werden die Einwohner um 3.45 Uhr durch Hupsignale der Feuerwehr aus dem Schlaf gerissen. Das Hotel »Deutsches Haus«, das dem Gastwirt Wilhelm Peters gehört, steht in Flammen. Die Freiwilligen Feuerwehren aus Franzburg, Richtenberg und den Dörfern der Umgebung eilen herbei, können den Brand aber lediglich eindämmen und die Nachbargebäude des Gärtners Ladendorff retten, berichtet das *Demminer Tageblatt* am 5. Januar: *»Wie das Feuer entstand, ist rätselhaft. Anscheinend ist es auf dem Flur oder auf der Treppe entstanden, denn als die erste Hilfe kam, brannten bereits der Flur und die Treppe lichterloh, und die Flammen schlugen bereits oben zum Dach hinaus. Das Feuer wurde zufällig von vorbeikommenden Leuten bemerkt, sonst wären sämtliche Insassen in den Flammen umgekommen. Es gelang ihnen noch rechtzeitig, sich zu retten.«* Das Hotel und der dahinterliegende Tanzsaal werden vollständig zerstört, nur das Mobiliar aus dem Erdgeschoss kann zum größten Teil herausgetragen werden. Das Feuer dringt bis in den Keller vor und findet hier reichlich Nahrung an den noch vorhandenen Spirituosen – die Flammen lecken und z"ungeln, bis die Branntweinflaschen bersten. Und die erhitzten Feuerwehrleute? Sie greifen ebenfalls beherzt zu und lassen die Korken knallen: »He Daniel, du Hittkopp, hier hest 'n lecker Köm!« »Välen Dank. Kiek eis, de Albert, hei süppt för drei.« »Jau, aller gauten Dinger sünd drei, un ik drink uk noch 'n vierten Schluck ut de Buddel. Proost!« Während die Heißsporne das Feuer im Hotel mit Wasser bespritzen, begießen sie ihre Gurgeln mit brennendem Schnaps. Unbekümmert stecken die Schluckspechte ihre Schnäbel in den Branntwein, sie schlürfen, schwatzen und lachen, bis die Balken krachen: »De Lars is all dun, hei steiht dor, as wenn hei nich mihr bet twei tellen kann.« »Dat is bi denn doch ümmer so. Sin Verstandskasten is lerrig, dor geiht blot Bramwien rin.« »Ik war di gliek ...« »Mannslüd, wo is hier dat Schiethus? Ik möt pullern.« »Piss in't Gras, dat Füer hett dat Schiethus all upfräten.«

Die Zechgenossen glühen konstant weiter. In einem nahen Wohnhaus findet sich noch mehr Feuerwasser, das über-

Dat olte »Düütsche Hus« in Franzborg im Johr 2020,
dat Nafolgebuwark von't Hotel, wat 1913 afschmökerte.

flüssig erscheint, außerdem steht im Garten ein Fass Bier, das ebenfalls geleert wird. Letztlich werden so alle Brände gelöscht.

Doch die Flammenfete hat ein Nachspiel vor dem Schöffengericht Franzburg. Die Richter bewerten die Sauferei nüchtern als Entwendung von Genussmitteln und bestrafen viele der Beteiligten mit je zehn Mark, einige werden freigesprochen.

Gegen die Freisprechung legt der Franzburger Amtsanwalt Berufung ein, ebenso gehen drei der Verurteilten in Berufung. So kommt es am 24. September 1913 vor der Strafkammer in Stralsund zur erneuten Verhandlung: »*Die zu heute erschienenen 15 Beschuldigten geben fast alle zu, etwas von der Flüssigkeit getrunken zu haben, teils sei ihnen auch ein Schnaps, wenn sie ihren Posten nicht verlassen konnten, von einem Kameraden zugereicht; alle haben sich nichts dabei gedacht, zumal auch einige Zeugen bekundeten, daß der Hotelbesitzer P. als man fragte, ob nicht eine Flasche übrig sei, gesagt haben soll: ›Meinetwegen immer zu, das bleibt sich ja gleich‹. Die Strafkammer stellt fest, daß allen Beschuldigten nicht mit Sicherheit nachgewiesen ist, daß sie gewußt haben, daß das Nehmen und Trinken der Spirituosen eventuell gegen den Willen des P. geschah.*« So steht es am 26. September 1913 in der *Stralsundischen Zeitung*. Die Berufung des Amtsanwalts wird verworfen. Alle Glühkameraden werden freigesprochen und sämtliche Kosten der Staatskasse auferlegt.

Das abgebrannte »Deutsche Haus« wird noch im Jahr 1913 wieder aufgebaut. Im April 1914 kauft es der Franzburger Bauunternehmer Bernhard Lappe und betreibt es weiter als Hotel. Dieses Haus steht heute leer und verfällt – ohne Feuer, nur durch Wind, Frost und Regenwasser, das eindringen kann.

Der Brand am Strand

Ein Fischhändler unter Verdacht

Man nehme einen weißen Strand, einen Schuppen und 100 Strandkörbe, lege ein wenig Feuer, gebe nachbarlichen Neid und zwei Versicherungssummen hinzu, streue ein paar Gerüchte, rühre alles kräftig um und lasse es drei Monate köcheln – schon hat man eine eigentümliche Geschichte. In ihrem Mittelpunkt steht ein Mann, der auf den unkomplizierten Namen Carl Karl hört.

Der Eigenbrötler, 1882 in Göhren auf Rügen geboren, ist stets klamm und daher – umtriebig und ausdauernd – auf der Suche nach mehr Geld. Als Fischer erbeutet er es nicht, auch nicht als Matrose in der Kaiserlichen Marine, dort wird er sogar als Invalide entlassen. Seine Hochzeit im Jahr 1907 bringt ihm, nun ja, zwangsläufig eine Frau, aber leider keine Mitgift. Drei Jahre später kauft er in Bergen auf Rügen für 5 455 Mark 100 Strandkörbe, um sie an Badegäste zu vermieten und lässt am Südstrand von Göhren auf gepachtetem Land einen Bretterschuppen errichten, den er samt Strandkörben mit 6 600 Mark versichert. Woher hat Karl, die arme Maus, plötzlich nur die vielen Mäuse?

Auch die Vermietung der Sonnenbrat-Sitzmöbel – an kreideweiß-schrumpelige Berliner Damen, an kugelbäuchige Leipziger Fabrikanten oder an blasierte Schweriner Beamte samt ihrer Gören – bringt nicht genug Pinkepinke. Darum forscht Karl nach weiteren Mammonquellen, kauft 1912 auf Kredit ein Grundstück im Nachbarort Baabe und siedelt dorthin über, um ein Gewerbe als Fischhändler zu betreiben. Jetzt sollen also fette Heringe, stramme Aale und moosbewachsene Karpfen für mehr Moos sorgen. Die Strandkörbe lässt Karl in Göhren zurück. Durch den Kauf des Grundstückes in Baabe steigen seine Schulden auf 4 815 Mark. Anfang Oktober 1912 trudelt dem Monetenjäger dann ein amtlicher Bescheid ins Haus: Infolge der Verlegung seines Wohnsitzes dürfe er die Strandkörbe nicht mehr vermieten. Karl springt ausgiebig im Karree und stößt flammende Flüche aus. Diese haben offenbar eine Fernwirkung: Am 23. Oktober bricht in seinem Schuppen am Göhrener Strand ein Brand aus. Als die Feuerwehr anrückt und die Tür aufreißt, sind noch einige Strandkörbe unversehrt. Weil der Seewind jetzt aber freien Zutritt hat, steht sofort alles in Flammen – nichts ist mehr zu retten. Hat unser Penunzen-Heißsporn das Feuer in betrügerischer Absicht selbst gelegt, um die Versicherungssumme zu kassieren?

Karl hat am Brandtag seine Eltern in Göhren besucht, will dort nachmittags gehört haben, dass sein Schuppen lodere und ist zur Brandstelle geeilt. Er behauptet, dass womöglich ein Konkurrent das Feuer aus Neid gelegt habe. Vielleicht sei es auch durch einen Schutthaufen, der sich in der Nähe des Schuppens befinde und auf dem Manches ausgeschüttet

*Am Südstrand von Göhren – hier eine Aufnahme
aus dem Jahr 2015 – brach 1912 der Brand aus.*

werde oder durch spielende Kinder verursacht worden. Doch von außen könne – nach Ansicht von Zeugen – der Brand nicht gelegt worden sein, da bei seiner Entdeckung die Außenwände des Schuppens völlig unversehrt waren, das Feuer müsse innen entstanden sein. Bei den Aufräumungsarbeiten werden drei Konservendosen gefunden – ist mit ihnen vielleicht Benzin oder Petroleum verteilt worden? Das wird nie aufgeklärt. Aber die Gerüchteküche brodelt, und weil Karl ein Motiv hat, wird er in Untersuchungshaft genommen und angeklagt.

Am 16. Januar 1913 steht der Fischhändler vor dem Schwurgericht Greifswald. Vernommene Zeugen streuen jetzt unerwartet Sand ins Ermittlungsgetriebe: So hat der Statthalter aus Philippshagen, als er zur Brandstätte eilte, ungefähr 1500 Meter vor dem rauchenden Schuppen zwar einen Mann bemerkt, der, vom Brand kommend, sich mehrfach auffällig nach dem Feuer umsah. Dies war jedoch ein Villenbesitzer aus Göhren, der sein Verhalten in unverdächtiger Weise aufklärt. Andere Zeugen haben gesehen, dass der Schuppen verschlossen war, aber mindestens eine der Luken im Dach offenstand. Ist doch von außen ein Brandzünder hineingeworfen worden?

Weitere Zeugen bescheinigen dem Angeklagten einen guten Leumund. Es stellt sich heraus, dass er die 100 Strandkörbe auf Abzahlung gekauft, sich dafür 4000 Mark von der Rostocker Bank geliehen, Bürgen benannt und seine Lebensversicherung für den Kredit verpfändet hat. Nichts Unredliches. Auch das Geld für den Bau des Schuppens (875 Mark) stotterte er ab, 500 Mark waren bereits bezahlt, die Versicherung des Schuppens erfolgte ebenfalls korrekt. So fällt die Anklage in sich zusammen. Carl Karl wird am 17. Januar 1913 freigesprochen.

Wie der Brand entstanden ist, bleibt ein Rätsel.

Albert der Sammler

Von den kleinen Dingen des Lebens

Er fischt gern und erfolgreich in trüben Gewässern, nicht nach Austern oder Krabben, nicht nach Schollen oder Aalen, sondern nach Geld, Werkzeug und silbernen Löffeln, eben beliebten Gegenständen des Alltages, die, wenn sie ihm ins Netz gehen, sein Sammlerherz erfreuen. Und Albert Krabbe besitzt ein großes Herz. Es schlägt sogar beim Erspähen billiger Ringe oder gebrauchter Rosshaarsocken schneller, denn auch diesen Objekten bringt er eine aufmerksame Fürsorge entgegen. Ja, Albert ist ein großer Liebhaber kleiner Dinge und hat ein ausgeprägtes Interesse an allem, was nicht ihm gehört. Infolge seiner einnehmenden Art verfügt er über beachtliche Hosentaschen, in denen die begehrten Trophäen verschwinden. Sie haben schon alles Mögliche transportiert, diese Frachträume seiner Leidenschaft.

Der pfiffige Bursche lebt in Greifswald. 1884 ist er bei einem hiesigen Sattlermeister in die Lehre getreten und – nach Abschluss seiner Ausbildung – als Geselle beim Meister geblieben. Er verarbeitet Leder, Felle und Segeltuch, stellt geschickt Sättel, Zaumzeuge, Kummete, Arbeitstaschen und Tornister her. Sein Lehrherr und Arbeitgeber ist mit ihm sehr zufrieden und vertraut ihm vollständig. Dem Burschen das Fell zu gerben, dafür hat der Alte keinen Anlass. So kann Albert ungestört seiner Sammlerleidenschaft frönen, vergnügt sattelt er sein Steckenpferd und reitet es rentabel durch Haus und Hof.

In der Werkstatt arbeitet der Schelm mit einem anderen Gesellen namens Schwager zusammen. Dieser hat die Angewohnheit, sein bares Geld nicht in einer Brieftasche aufzubewahren, die er als Sattler leicht selbst anfertigen und bei sich tragen könnte, sondern in einem liederlichen Koffer. So kommt es, wie es kommen muss: Eines Tages umwallt der Odem fremder Begierde auch Schwagers Barschaft. Als er am 1. April 1888 sein Geld nachzählt, fehlen ihm 200 Mark. Zuerst glaubt er noch an einen Aprilscherz, doch als sämtliche Nachforschungen erfolglos bleiben, setzt sich die Erkenntnis durch, dass ein Fremder den Moneten Asyl gewährt hat.

Dieser besitzt augenscheinlich eine anhaltende Sehnsucht nach Währungsmitteln, denn am 3. Juni hat er wieder zugeschlagen. Jetzt ist ein Betrag von 120 Mark aus Schwagers Koffer verschwunden. Der Bestohlene tobt: »Dor könen eenen de Lüs ut't Knoploch springen! Wecker Kierl hett miene Märker nu all wedder mitgahn laten? De Polizei kann nich länger up'n Rüggen orrer Buk liggen un mit'n Moors Fleigen fangen. Sei möt den Langfinger endlich tau faten krägen!«

In Greifswald stahl Sammelalbert alles Mögliche
und verjubelte fleißig Geld.

Albert, der den Wutausbruch mitangehört hat, stimmt zu und heuchelt: »Mi sall de Schlach rühren! So wat lääft ja woll nich! Du, nähm di dat nich so tau Gemäut. De Büdel-schnieder ward siene Straaf bekamen!« Diese Prophezeiung soll sich schon bald erfüllen.

Aber noch ist Sammelalbert unterwegs und lädt weiter emsig ein in seine ausladenden Hosentaschen. Mit konstantem Eifer stiehlt er seinem Arbeitgeber aus dem Laden verschiedene Gegenstände, zum Beispiel eine Brieftasche, eine Reisetasche, Feuerzeug und Knöpfe. Auch Stereoskopbilder – originelle Fotos, die den Eindruck von Dreidimensionalität vermitteln und so manchen Pfennig einbringen – haben es ihm angetan. Das Geld verjubelt der Bursche im Hippodrom, der Reitbahn am Greifswalder Schützenwall. Auch »Carl Gnekow's Restaurant« am benachbarten Rossmarkt bietet mit großem Garten und einer Kegelbahn genügend Gelegenheiten zur Verschwendung. Den Rest des Geldes bringt Albert mit guten Bekannten in der Stadt durch.

Schließlich sorgen stibitzte Gummikragen mit dafür, dass es dem Gesellen an den Kragen geht. Er ist unvorsichtig gewesen und hat es zu arg getrieben. Verschiedene Anzeichen bringen Krabbe in Verdacht, die Diebstähle begangen zu haben. Man konfrontiert ihn mit den Vorwürfen, und er offenbart, dass ihm all die kleinen Dinge wichtig waren für sein Leben, sozusagen das Salz in der Ganovensuppe.

Dafür muss sich der Kleptomane am 6. Juli 1888 vor dem Landgericht Greifswald verantworten. In dem Termin gesteht er auch, das Geld des anderen Gesellen gestohlen zu haben, zieht gleichwohl aber ein letztes Mal vom Leder: Die Mäuse seien ihm quasi in die Tasche gesprungen, weil der Koffer des Kollegen nicht verschlossen war. Die Strafkammer bleibt unbeeindruckt und hebt Albert aus dem Sattel seiner Leidenschaft: Sie verurteilt ihn zu einem Jahr und sechs Monaten Gefängnis. 🐟

Genialer Schnüffler

Die Erfolge des Polizeihundes Heros vom Park

Er ist der beste Kriminalist weit und breit. Stachelbeer- und Getreidediebe, Chausseebaumbeschädiger, Jagdfrevler und andere Halunken in Vorpommern kommen reihenweise auf den Hund, weil der Hund auf sie kommt. In den Adern des Schnüffelstars der Greifswalder Polizei fließt blaues Blut, er hört auf den Namen Heros vom Park, trägt seine Nase nicht hoch, sondern richtet sie nach unten und ermittelt – als pflichtbewusster Deutscher Schäferhund – die Missetäter sowohl in den Gassen der Universitätsstadt als auch in etlichen Orten der Umgebung. Im Januar 1913 spürt er zum Beispiel in Spantekow südwestlich von Anklam fünf Arbeiter auf, die 40 Flaschen Wein und drei Flaschen Kognak aus dem Weinkeller des Gutshauses gestohlen, einige auf der Stelle geleert und die anderen mitgenommen haben. Heros nimmt am Tatort Witterung auf und verfolgt dann mit großer Sicherheit die Spuren bis in die Wohnungen der Diebe im benachbarten Drewelow und Bruchmühle. Die entwendeten, noch übrigen Weinflaschen werden dort gefunden. Ende April 1913 wird er nach Wolfradshof südlich von Züssow gerufen, dort ist das Portemonnaie eines Schweinefütterers, das 104 Mark enthielt, verschwunden: *»Das Tier nahm eine Spur nach der Kammer der Leuteköchin auf und schnüffelte an dem Bett herum. Der Führer des Hundes fand das Portemonnaie unter dem Kopfkissen. Das Mädchen gestand dann den Diebstahl ein«*, berichtet die *Greifswalder Zeitung.*

Den richtigen Riecher hat Heros auch im November 1913 in Rossin bei Ducherow. Auf der Gemeindefeldmark ist ein Reh geschossen worden, das nach dem Schuss noch auf die

Gutsfeldmark gelaufen und erst dort verendet ist: »*Das Reh wurde unbefugterweise auf die Gemeindefeldmark zurücktransportiert und hinter einem Busch verborgen. Der Gutsförster fand zwar die Stelle, wo das Reh verendete, von dem Tiere aber selber nichts. Dem auf die Spur gesetzten Polizeihund gelang es, das unter Kartoffelkraut verborgene Reh aufzufinden. Sodann verfolgte der Hund eine Spur und stellte auch den Schützen, der das Reh erlegt hatte*«, heißt es in der *Greifswalder Zeitung*. Im Vergleich mit anderen Polizeihunden beweist Heros ebenfalls seine Qualitäten. Bei einer Vorführung, die am 22. Juni 1913 bei Ladebow stattfindet, belegt er mit 177 Punkten den dritten Platz. Bei der nächsten Prüfung am 20. Oktober 1913 auf dem Übungsplatz an der Greifswalder Ringstraße siegen er und sein Führer, Polizeisergeant Messerschmidt, mit 225 Punkten vor den Konkurrentinnen Nelly von Wittow (Dobermann-Pinscher) und Mary von Edenhall (Airedale Terrier). Die vielen geladenen Gäste sind begeistert.

Kurz vor Heiligabend muss die Edelnase in Altwigshagen nördlich von Ferdinandshof einen dreisten Weihnachtsfrevel

In Altwigshagen klärte Heros kurz vor Weihnachten 1913 einen Tannenbaumdiebstahl auf.

aufklären: In der Nacht zum 20. Dezember 1913 haben Diebe mehrere Tannenbäume im Gutspark und Gutswald abgeschnitten, schreibt die *Stralsundische Zeitung*: »›Heros‹ *nahm die Fährte von einer Stelle, wo ein Baum entwendet war, auf und lief einer Spur nach bis in ein Arbeiterhaus und hier die Treppe nach dem Boden. Hier wurde einer der gestohlenen Bäume vorgefunden. Weiter ergaben die Ermittlungen, daß außer dem Inhaber dieses Bodens noch drei weitere Arbeiter vom Gut Bäume entwendet hatten.«* Während er die Route der Langfinger verfolgt, wedelt die Rute des Hundes aufmerksam hin und her – im Ergebnis spüren die Räuber nicht Knecht Ruprechts Rute, sondern des Gesetzes Knute. Heros erkennt die Täter an deren Eigengerüchen, die vornehmlich von den im Schweiß und Hauttalg enthaltenen Fettsäuren bestimmt werden. Jede Person hat ihren individuellen Geruch. Der Polizeihund erschnüffelt den Schweißabdruck, der vor allem von Handflächen – mit diesen berühren die Täter am Tatort befindliche Gegenstände – und Fußsohlen stammt. Durch die Fußbekleidung, die schweißbehaftet ist, wird der Geruch auf den Erdboden übertragen.

Am 1. Mai 1914 wird der Fahndungsprimus, berichtet das *Tageblatt für Vorpommern*, für seinen hundertsten Einsatz außerhalb Greifswalds geehrt: »*Eine Deputation hat heute morgen dem lieben Hundejubilar eine prachtvolle Wurst überreicht mit folgender Denk- und Glückwunschadresse: ›Dem Stadtangestellten, der der Stadt noch Geld einbringt. Die dankbare Stadt.‹ Die Verwaltung erhält nämlich für jedes Eingreifen ›Heros‹ außerhalb der Stadtgrenze 10 M. als Vergütung.*«
Heros hat Greifswald so die hübsche Summe von 1000 Mark erschnüffelt. Manche Täter stellen sich inzwischen freiwillig, wenn sie hören, dass er anrückt. Er ist ein respekteinflößender Detektiv. Wuff. 🐾

Kaisers Geburtstag

Auch Sträflinge haben patriotische Gefühle

Die meisten deutschen Zeitungen feiern Kaiser Wilhelm II. anlässlich seines 55. Geburtstages am 27. Januar 1914 unterwürfig und überschwänglich. Selbst das liberale Greifswalder *Tageblatt für Vorpommern* lobhudelt, Wilhelm sei eine Persönlichkeit von ungewöhnlicher Begabung, reichem Wissen und seltener sittlicher Kraft: *»Ob es sich um die Sicherung des Reiches durch die Wehrmacht zu Lande und zur See, um die Fortbildung des Rechts, um den Ausbau der sozialen Gesetzgebung, um die Förderung der wirtschaftlichen Wohlfahrt, um die Entwicklung des Bildungswesens aller Stufen, um die Unterstützung von Wissenschaft, Kunst und Technik oder um die Anregung der allgemeinen Körperpflege handelt: immer wieder begegnen wir der regsten Anteilnahme und dem persönlichen Eingreifen unseres Herrschers.«* Die Idealisierung des Kaisers und der Kult um seine Person sind Merkmale jener Zeit.

Auch Greifswald hat sich zum Ehrentag dekoriert. Von Gebäuden wallen Fahnen, aus Schaufenstern blicken Kaiserbüsten und -bilder gnädig heraus, in der Pius-Kirche und im Dom finden Gottesdienste statt. Bei einer Militärparade auf dem Marktplatz werden Jubel- und Hochrufe ausgebracht, die Universität feiert in der Aula, alle Schulen veranstalten Festakte mit Deklamationen, Reden und Gesängen. Abends beginnt im Gesellschaftshaus »Zum Greif« ein gemeinsamer Kaiserkommers, ein Umtrunk, von städtischen Vereinen. Der Saal ist überfüllt, für zeitgemäß-zackige Unterhaltung sorgen der Turnverein mit Vorführungen am Reck und Barren, der Männergesangverein »Frohsinn« sowie Mitglieder des Wehrvereins mit der Darstellung des lebenden Bildes »Blüchers Rheinübergang bei Caub«. Bis nach Mitternacht lassen die Getreuen ihren Kaiser schneidig hochleben.

Zur fidelsten Feier kommt es allerdings – inoffiziell – spätabends im Greifswalder Gefängnis. Hier herrscht ebenfalls Partystimmung, denn auch Sträflinge haben patriotische Gefühle. Ihre Leidenschaft für den Monarchen kann sich in dieser Nacht ungehemmt entfalten, weil der Hilfsaufseher August Krienke allein Wachdienst hat. Der Militärinvalide – erst seit Anfang Januar im Kittchen beschäftigt – begießt aus Freude über seine feste Anstellung mit einigen besonders nationalbewussten Gefangenen den Geburtstag Seiner Majestät. Hierzu hat Krienke mehrere Liter Schnaps und Zigaretten mitgebracht und erntet dafür illustre Anerkennung. In null Komma nix steigt der Kontrolleur zum König der Knastologen auf: »August, du büst 'ne echte Kanon, dien Bramwien is bannig gaut. Un nu rin mit den Rachenputzer! Up unsern Kaiser, Prroost!« – »So fien wier dat hier in 'n Statskas-

In'n Gripswolder Gerichtsbrummstall inne Domstrat
söpen dei Daunichtgaute im Johr 1914 krüzfidel 'ne Nacht dörch.

ten noch nie. Hüt willen wi dat Läben genießen.« – »De Otto schluckt, dat em dat Mul schüümt. He kiekt all 'n bäten scheif inne Gägend.« – »Un Fritz hett 'ne rote Bramwiennäs von 'n Kloren.« – »Un Äwerhardt ward all de Läwer hart.« Rasch werden die Flaschen geleert. Dann geht es ans Rauchen: »Na dat Gluckerwater giff mi eis 'ne Zigarett.« »Hier hest 'n Glimmstengel. Dunnerwäder, du paffst ja as 'n Schostein!«

König August ist gegenüber braven Kaiserfreunden, selbst wenn sie etwas auf dem Kerbholz haben, vaterländisch aufgeschlossen. Seine Offenheit geht so weit, dass er, weil es der Knastkommers erfordert, sogar die Kerkertüre aufsperrt: Gegen Mitternacht lässt er einen Häftling aus dem Gefängnis heraus, damit dieser weiteren Alkohol besorgt. Unglücklicherweise gerät der freiheitstrunkene Staatspensionär auf dem Heimweg aus der Destille mit einem jungen Herrn in Streit, der den Beduselten der Polizei übergibt.

So kommt die Kaisergeburtstagsfeier ans Licht der Öffentlichkeit – und sie hat Folgen. Während die trinkfreudigen Arrestanten zusätzlich zu ihren zu verbüßenden Strafen je drei Wochen Haft erhalten, muss sich Krienke vor Gericht verantworten. Eigentlich hat er – schweijkhaft gesehen – nur seinem Kaiser und dessen im Tageblatt für Vorpommern gepriesenen Taten nachgeeifert: Der von ihm ermöglichte nächtliche Freigang diente der Resozialisierung und damit einer »Fortbildung des Rechts«, der Schnapseinkauf kam Gastwirten zugute und trug zur »Förderung der wirtschaftlichen Wohlfahrt« bei, die Sauferei desinfizierte die Mäuler der Knastbrüder und war somit eine *»Anregung der allgemeinen Körperpflege«*.

Dennoch verurteilt das Landgericht Greifswald den Hilfsaufseher am 16. Mai 1914 wegen vorsätzlicher Gefangenenbefreiung, billigt ihm aber mildernde Umstände zu – er erhält nur einen Monat Gefängnis. Das ist die gesetzlich niedrigste Strafe. Auch Kaisers Richter fühlen eben patriotisch.

Schäfers Stündchen

Vom Schwur zur Schur

Der Schäfer Hermann Schütt arbeitet im Jahr 1888 in Groß Mohrdorf nordwestlich von Stralsund. Er hütet nicht nur Böcke, Zibben und Lämmer, sondern seit ein paar Wochen auch ein Geheimnis: Der junge Mann hat ein stürmisches Liebesverhältnis mit einer Jungfer, die ebenfalls im Dorfe wohnt. Schon so manches Stündchen hat der forsche Hermann mit seiner Angebeteten, der Tochter des Tagelöhners Rachow, verbracht. Fortlaufend haben sie sich ihre Verzückung auf der Wiese, im Schafstall oder hinter dem Gutshaus zugeflötet. Die Jungfer ist beim feurig vorgetragenen Liebesschwur ihres Schäfers lammfromm geworden – die rotbäckige Landpomeranze schwelgt seitdem in einer vorpommerschen Glutromanze.

Als ihr Vater von der Liaison erfährt, reagiert er eher unromantisch: »Du Schap, föllst up'n ierstbesten Bock rin«, schnarrt er, »hett hei di all anfasst?« Die Tochter ist empört: »Woans rädst du öwer Hermann! Hei is kein Bock!« »Mäten, hest du Schaprosinen in'n Döz? Pass bloots up, dat hei di keine Lämmer maakt. Wer sik tau'n Schap maakt, den frett de Wulf.« Damit stieben sie auseinander.

Die Tochter ist zu dieser Zeit auf dem Gutshof in Groß Mohrdorf zur Vertretung in der Küche beschäftigt. Nach dem einfühlsamen Gespräch, das ihr Vater mit ihr geführt hat, kommt sie zum Erstaunen ihrer Eltern weiter täglich erst spät nach Hause, am 18. Februar erscheint sie überhaupt nicht: »Wo sei bloots blifft?« fragt die Mutter besorgt. Der Vater brummt: »Sei is wedder bi ehr Leifsten. Wenn 'n Schap tau woll is, geiht's up dat Ies.« Schließlich entscheidet er auf Drängen seiner nervösen Gattin: »Wi gahn na'n Gautshoff un säuken ehr.« Die Eltern traben zum Gutshof, durchstreifen die Küche, durchkämmen den Schafstall und finden ihre Tochter schließlich – in Gesellschaft des wollüstigen Schäfers – in den Gesindestuben. Der Vater bölkt: »Düwelsdeern, di is woll 'ne Lus in't Fell sprung'n! Quasselst hier rüm bet inne Nacht. Dat dörfst du nie nich wedder daun! Kümm mit na Hus!« Die Tochter gehorcht widerwillig.

Auf dem Heimweg geraten sich die beiden heftig in die Wolle. Der Alte kann – das Problem vieler Väter – seine Tochter nicht loslassen, umso wackerer verteidigt die Jungfrau ihren Hammelhüter: »Vadder, du Gnurrpott, Hermann is 'n gauder Minsch!« Der Alte tobt: »Wat blaffst du hüt abend wedder tausammen! Deern, hei is'n Hessenbieter, de di anne Wäsch will!« Als der Vater sie züchtigt, ergreift die Tochter die Flucht und spurtet – ihre langen Röcke mit beiden Händen anhebend – zurück zum Gutshof. Rachow verfolgt sie und erhält, als er in ein erleuchtetes Fenster sieht, einen geordneten Fausthieb ins Gesicht, so dass ihm ein ohnehin schon einsamer Schneidezahn aus dem Munde

*In Grot Mohrdörp bi Stralsund geef Scheeper Schütt
sien taukünftigen Schwiegerpapa weck inne Visage.*

springt. Danach folgen mehrere Schläge mit einem Pantoffel. Der Übeltäter, es ist der heißblütige Tochterdieb, schüttelt ausgelassen Faust und Maul und ruft: »Späukenstunn'! Dor danzen dei Füüst hier rundherüm.«

Der Getroffene taumelt blutend zum Pferdestall und muss von einem Knecht nach Hause gebracht werden. Um zwei Uhr nachts kommt Schütt mit seiner Liebsten in die Rachow'sche Wohnung, die er nach wiederholtem Auffordern nicht verlässt, sondern erklärt, er wolle nicht, dass die Tochter jetzt noch bestraft werde. Es ist der nächste Auftritt des Hirten, Schäfers Heldenstunde. Der zahnarme Rachow nuschelt: »Rut ut min Hus! Du büst 'n groten Klopper, Schütt. Awer ik swör di, dorför warst du betahlen!«

Der Haudrauf wird angezeigt und wegen Misshandlung und Hausfriedensbruch angeklagt. Am 6. Juli 1888 steht Schütt erstmals vor dem Schöffengericht Stralsund, bestreitet aber alles und beantragt die Vernehmung mehrerer Zeugen. Es wird ein neuer Termin anberaumt.

Am 28. September 1888 kommt es zur zweiten Verhandlung, über welche die *Stralsundische Zeitung* zwei Tage später berichtet: »*Die heutige Beweisaufnahme ergab die Schuld des Angeklagten und wurde er wegen Körperverletzung zu 2 Monat Gefängniß verurtheilt, von dem Vergehen des Hausfriedensbruchs dagegen freigesprochen.*«

Dem Schäfer werden die Hammelbeine langgezogen. Er ist nun nicht mehr der schneidige Kerl, der Liebesschwüre verteilt, sondern das schwarze Schaf von Mohrdorf, dem der Kopf geschoren worden ist. So gelangt er vom Schwur zur Schur.

Dei drei Koorls

Wie Fischzähne Gerichtsurteile beeinflussen

Sie segeln auf der Ostsee, seit sie denken können und sind mit allen Brackwassern ihrer vorpommerschen Heimat gewaschen: Karl Seefeld, Karl Schluck und Karl Hübner. Die Fischer sind immer auf der Jagd nach der dicksten Flunder und dem größten Barsch. Hätte Moby Dick seine Schwanzflosse am Geller Haken aus dem Wasser gestreckt, wäre selbst er von ihnen erlegt und mundgerecht in Stralsund verkauft worden. Denn *dei drei Koorls* sind geschäftstüchtig, *plietsche Kierls*, die fortwährend Priem kauen und emsig Seemannsgarn spinnen. Sie kennen die gefährlichen Strömungen und zerklüfteten Küstenläufe, die grasbewachsenen Inseln und sandigen Uferstreifen, die schreienden Lachmöwen und die flinken Dorsche zwischen Hiddensee, Rügen und Stralsund genau. Das offene Meer ist ihr gläserner Jagdgrund, der Schaproder Bodden ihr windiges Wohnzimmer, und ihre kleinen, wendigen Holzboote tragen sie – als wahre Gefährtinnen – treu durch jedes Wetter. Die drei Fischer leben in Neuendorf auf Hiddensee, ihr Motto: »Wi fräten Aal, de Tüffel kosten Geld.«

Anfang Mai 1888 werfen die Männer vor Hiddensee wieder ihre Netze aus. Schnell versinken die grünen Maschen im Wasser. Der Ostwind rüttelt an den Masten, er füllt die arbeitsgrauen Segel und treibt die Wellen gegen die schwarzen Leiber der Boote. Der Fang fällt reichlich aus: Silbern glänzen die Heringe, wild schlagen die Schwänze der Lachse und Zander.

Ostseefisch up alle Disch! Die Neuendorfer segeln nach Stralsund und verkaufen ihren Fang am 3. Mai auf der Steinernen Fischbrücke, die – 1875 im Zuge der Aufschüttung und Erweiterung des Hafens gebaut – dafür reichlich Platz bietet.

Doch eine Kontrolle der Fischereiaufsicht verdirbt den Meeresjägern ihren Tag: »Moin, ik will juuch Fisch nakieken! Wat hebbt ji tau faten krägen?« Der dicke Beamte steckt seine rote Nase in die Kiepen und stellt fest, dass 50 Lachse das vorgeschriebene Mindestmaß von 50 Zentimetern nicht erreichen – sie dürfen nicht verkauft werden. Die Fischer bölken: »Vertrackter Schiet! Hei kennt nich Hääkt noch Hiering!« Doch der Inspektor lässt sich von ihren rollenden Seehundaugen und geschüttelten Fäusten nicht beeindrucken und beschlagnahmt die Tiere. *Dei drei Koorls* klabastern wie Klabautermänner auf dem Kai und schimpfen, dass die Kiemen schäumen: »Herr Fischnakieker, bi Malligkeit hüürt dei Fründschaft up!«

Im Ergebnis erhalten sie vom Königlichen Amtsgericht in Stralsund Strafbefehle von je 30 Mark, ersatzweise sechs Tage Haft. Die Fischer erheben Einspruch und erklären – sie haben Grütz unter der Mütz – am 21. September 1888 in

Dei drei Koorls wiern up Hiddensee tau Hus.

einer Verhandlung vor dem Schöffengericht Stralsund, dass die von ihnen gefangenen Fische keine Lachse gewesen seien, sondern sogenannte Silberlachse, die man auch Lachs- oder Meerforellen nenne. Diese brauchen beim Verkauf nur 28 Zentimeter lang zu sein. *Klauke Kierls!* Zur weiteren Beweisaufnahme wird ein neuer Gerichtstermin anberaumt.

Lachs oder Lachsforelle, das ist nun die Frage! Am 23. November 1888 verhandelt das Schöffengericht Stralsund erneut, wie die *Stralsundische Zeitung* zwei Tage später berichtet: *»Die Vernehmung von sachverständigen Zeugen ergab, daß hier bei uns sowohl der Lachs, als auch die Meerforelle vorkommen, vorherrschend jedoch der Lachs, dieser sei genau von der Forelle zu unterscheiden.«* Die Meerforelle habe am Pflugscharbein, das im Maul sitze, drei bis vier Querzähne, die senkrecht zu den Längszähnen stehen und zum besseren Festhalten der Nahrung dienen. Der Lachs habe diese Querzähne nicht, auch sei sein Kopf spitzer und kleiner, sein Körper schmaler. *»Da die von den Beschuldigten hier zum Verkauf gebrachten Fische von einem Fischereibeamten untersucht sind und als Lachse unter 50 Centimeter Länge anerkannt wurden, so sind die Angeklagten für schuldig befunden und zu einer Geldstrafe von je 10 Mark, im Unvermögensfalle zu je 2 Tagen Haft und in die Kosten des Verfahrens verurteilt.«*

Adschüs! Das Seemannsgarn, das die Fischer gesponnen haben, hat nicht verfangen, ihr lachser Umgang mit dem Lachs wird geahndet. Aber letztlich fallen die Strafen geringer aus als zuvor. *Dei drei Koorls* grienen und reiben sich ihre schwarzen Hände: *Dat is'n gauter Vergliek!*

Denn bevor die Lachse damals beschlagnahmt wurden, hatten sie schon etliche verkauft ...

Dei malle Bom

Eine Don Quijoterie am Peenestrom

Der Lehmann Ernst ist ein Fischerbursche, der seine Nase lieber in Ostseewind und Heringswetter hält, als sie in gedruckte Bücher zu stecken. Da kann der Gesichtsbug nämlich eingeklemmt und platt wie ein Butt werden. Zudem leiden die Augen unter den Buchstabenschwärmen, und das Gehirn wird von neuen Erkenntnissen geflutet. Der Lehmann Ernst macht da lieber die Schotten dicht und bleibt bei seinen Reusen. Darum ist es keine Überraschung, dass er den Roman *Der sinnreiche Junker Don Quijote von der Mancha* weder kennt noch gelesen hat. Das Buch des spanischen Abenteurers und Schriftstellers Miguel de Cervantes Saavedra (1547 – 1616) ist zu Beginn des 17. Jahrhunderts erstmals veröffentlicht worden. Lehmann weiß nicht, dass Don Quijote ein langer, hagerer Ritter war, der in seiner eigenen Traumwelt lebte und gegen Windmühlen kämpfte, weil er sie für vielarmige Riesen hielt. Die Redensart »Gegen Windmühlen kämpfen« geht auf dieses Buch zurück. Sie beschreibt den aussichtslosen Kampf gegen eine eingebildete Gefahr beziehungsweise gegen Zustände, die sich nicht ändern lassen.

Hätte der Fischerjunge nur dieses Buch gelesen! Womöglich wären ihm ein winternächtlicher Kampf und zwei nachfolgende Gerichtsverhandlungen erspart geblieben. So kommt es kurz vor Weihnachten 1907 zu einer Don Quijoterie am Peenestrom. Sie beginnt mit einer unritterlichen Tafelrunde: Der Lehmann Ernst frönt am 20. Dezember abends im Gasthaus von Lassan, einer speckigen Spelunke Cervantischen Ausmaßes, ordinären weltlichen Genüssen. Der 19-Jährige ist ein Vielfraß, dem Bratkartoffeln und

Rollmöpse genauso über die Zunge rutschen wie Hafergrütze oder Tollatschen, der aber dennoch lang und dürr wie ein Besanmast ist. Etliche Biere und Schnäpse sowie der unchristliche Gesang seiner Trinkgenossen bringen Lehmann schließlich in eine solide Schieflage: Auf dem Heimweg schwankt er wie auf den Planken seines Fischerkahns bei Windstärke sieben.

Sein Kompass führt ihn durch die Parkanlagen in Lassan. Zur Verschönerung des Promenadenweges sind hier Bäume gepflanzt worden, die Lustwandelnden genauso wie Betrunkenen freundlich ihre kahlen Äste entgegenstrecken. Die jungen Bäume sind noch an Pfähle gebunden, um sie gegen Winde zu stützen, sie sollen preußisch präzise emporwachsen.

Der Name »Lassan« leitet sich vom altpolabischen »Lěšane« ab, was »Bewohner aus dem Wald« bedeutet. Der Lehmann Ernst ist noch immer aus knorrigem Holze geschnitzt. Denn da steht plötzlich ein Bäumlein im Weg, das ihn frech angrinst und nicht zur Seite tritt. »Wat wisst du, wech mit di!« ruft der Bursche. Doch der Feind reagiert nicht, sondern

In Lassan kloppte dei Rabauke Ernst Lehmann sik mit'n mallen Bom.

schwingt herausfordernd seine Äste. Was heißt Äste? Sind es nicht die Arme eines Riesen, die nach dem Fischer von der traurigen Gestalt greifen? »Dat is een maller Bom! Dien Arms dreigen sik, as wenn de Düwel Dreck haspelt. Lat mi taufräden!« bölkt Lehmann. Doch dann strafft er sich, schnaubt und geht zum Angriff über: »Täuf man, di wa'k kriegen!«

Das Duell wird von einem preußischen Wächter beobachtet und augenscheinlich anders bewertet als vom erhitzten Lehmann erlebt. Im Ergebnis verurteilt das Schöffengericht Wolgast den Fischer wegen versuchter Sachbeschädigung zu einer Geldstrafe von 25 Mark.

Gegen das Urteil legt er Berufung ein. So kommt es am 15. Januar 1909 zur Verhandlung vor dem Königlichen Landgericht Greifswald, zwei Tage später berichtet die *Stralsundische Zeitung* über Lehmanns Kampf: *»Ob er den Baum tatsächlich abzubrechen beabsichtigte, ist allerdings nicht festgestellt; jedenfalls ließ er aber erst von dem bereits von dem ihn stützenden Pfahle abgerissenen Baume, als er von dem auf Baumfrevler fahndenden Wächter bei seinem Vorhaben überrascht wurde. Lehmann stellt diese Absicht entschieden in Abrede und begründete die von ihm gegen das Urteil des Schöffengerichtes eingelegte Berufung damit, daß er in betrunkener Weise so heftig gegen den Baum getaumelt sei, daß dieser infolgedessen vom Pfahle losgerissen sei. Da der Gerichtshof diesen Einwand gelten ließ, wurde Lehmann heute unter Aufhebung des ersten Urteiles freigesprochen.«*

So endet der Kampf für den Don Quijote vom Peenestrom glimpflich. Die (Wind-) Mühlen der preußischen Justiz mahlen langsam, aber ritterlich.

Blot dei Bom in Lassan, dei is un blifft mall.

LEOPOLDSHAGEN
Über allen Gipfeln ist Unruh

Ein königlicher Forstaufseher in Aktion

Dichter Wald wuchert südlich von Mönkebude und Leopoldshagen am Stettiner Haff, er schützt die Dörfer vor starken Winden und spendet komfortable Ruhe und lauschigen Frieden. Eichen, Birken, Tannen und Kiefern wachsen unbekümmert nebeneinander und bieten sowohl Spechten als auch Seeadlern aparte Quartiere, die sie zum Brüten brauchen. Auf den Lichtungen stolzieren Hirsche, präsentieren ihre gewaltigen Geweihe, senden Brunftschreie in alle Richtungen und spiegeln sich eitel in den Gewässern. Auch Wildschweine leben im Revier, die, wenn sie nicht schlummern, eifrig den Boden durchwühlen und sich als vorpommersche Vielfraße zahllose Wurzeln, Nacktschnecken und Steinpilze schmecken lassen. Überdies wohnen Hase und Igel am Waldesrand und veranstalten häufig Wettrennen, umschwirrt von Maikäfern und beobachtet von Füchsen. Alle gehen taktvoll miteinander um, wünschen sich fröhlich »Gauden Dach!« und »Mahltiet!«, denn sie wissen: »Äten un drinken höllt Lief un Seel tausamen.« Man ist hier gut erzogen – und verzehrt einander nur, wenn es die Natur verlangt.

Im Spätsommer 1887 stören Menschen diese Idylle. Da trifft Wichtigtuerei auf Starrsinn, und schnell ist es vorbei mit der Glückseligkeit im Gehölz. Während tags zuvor noch über allen Gipfeln Ruhe herrschte, geht es am 29. August unter den Wipfeln lautstark zu. Auslöser ist der königliche Forstaufseher Hans Haase, der in Mönkebude wohnt und sich an diesem Tag im Wald an amtlichen Tätigkeiten ergötzt: Der Beamte prüft, welche Stämme gefällt werden können, ob Trockenholz zu sammeln ist und welche Schäden der letzte

Sturm angerichtet hat. Plötzlich sieht er unweit von Leopoldshagen den Arbeiter Hagemann und dessen Frau aus dem Dickicht treten. Potz Blitz, das sieht verdächtig aus. Da Haase kein Hasenfuß, sondern ein preußischer Waldwächter ist, der gern das Beamtenbeilchen schwingt, eilt er auf die beiden zu und hält sie an: »Wurher kümmt ji? Wat hebbt ji in'n Forst dräben, is dat dor Eikenholt up dien Arm? Un wat hest du in den Büdel?« fragt er den Arbeiter. Hagemann, der tatsächlich Holz gesammelt hat und einen Sack über der Schulter trägt, senkt sein Gehörn und antwortet nicht. »He, du Zoddelpeter, ik heff di wat fraacht!« wiederholt Haase und plustert sich auf wie ein Auerhahn. Hagemann antwortet noch immer nicht. Ist der Kerl taub oder begriffsstutzig? »Sapperlot, räd ik mit 'ne Kauh französ'sch?« ruft der Forstaufseher, dass jetzt die Wipfel wackeln. Hagemann glotzt und meint dann nüchtern zu seiner Frau: »Uns Waldlöper is woll de Sommerhitt tau Kopp stägen. Em geiht dat Mul as'n Entenmoors.« Das ist der Gipfel für Haase: »Kierl, du kannst glick 'ne Schwetsch mit fief Stengeln kriegen! Wat is in dien Büdel, Hagemann?«

Leopoldshagen – dicht bi in'n Wald
haren sik dei Hagemanns un Revierhingst Haase inne Wull.

Da wendet sich der Arbeiter drohend gegen den Forstbeamten, indem er ihm den Sack entgegenschwingt und sagt: »De ein hett'n Büdel, de anner dat Geld, so is dat leider in disse Welt.« Der Forstaufseher hebt flugs seinen Handstock, der an der Spitze mit einem kleinen Spaten versehen ist, abwehrend vor seinen Beamtenbauch. Hagemann ergreift den Handstock und hält ihn fest, so steht es am 18. Juli 1888 in der *Stralsundischen Zeitung*, *»der Forstbeamte riß aber den Stock zurück, wobei Hagemann eine Verletzung an der Hand erhielt. Die Frau des Hagemann befand sich an der Seite ihres Mannes, als das Zusammentreffen mit dem Forstbeamten stattfand. Letztere[r] giebt zu, daß er möglicher Weise beim Erheben des Stockes zur Abwehr die Frau am Arme getroffen haben könnte. Als Haase die Angehaltenen weitergehen ließ, schimpften beide Eheleute auf den Förster ein, indem sie die Worte gebrauchten: ›Du Hund!‹«* Jetzt herrscht gemeiner Unfriede im Revier, über allen Leopoldshagener Gipfeln weht Unruh.

Der Vorfall hat am 13. Juli 1888 vor dem Landgericht Greifswald ein Nachspiel. Haase ist wegen vorsätzlicher körperlicher Misshandlung angeklagt. Die Hagemanns behaupten, der Forstaufseher habe die Frau ohne Weiteres zuerst geschlagen und sei dann auf den Mann losgegangen. Haase widerspricht und kontert, er sei als Vierbeiner bezeichnet und somit beleidigt worden. Da es keine weiteren Zeugen gibt, stehen sich die Aussagen gegenüber. Unter diesen Umständen spricht das Gericht alle drei Waldeiferer frei.

Was in Hagemanns schwingendem Sack war – ein erlegter Hase, Störtebekers Gold oder gar ein Band mit Goethe-Gedichten – bleibt frevelhaft unaufgeklärt.

PEENEMÜNDE, WOLGAST
Der schlaue Voß und der kluge Hinz

Verwicklungen um Nähmaschinen

Eigentlich will der Peenemünder Schuhmachermeister Albert Hinz nur in Ruhe arbeiten. Dazu braucht er gutes Leder, Nadel und Faden sowie eine schnurrende Nähmaschine. Als seine Maschine im Sommer 1885 anfängt, ungehörig mit Nadeln zu schießen, bringt er sie zum Nähmaschinenhändler Voß nach Wolgast zur Reparatur. So beginnt das Abenteuer. Voß lässt das Garngeschütz zurechtflicken und spricht bald darauf in Peenemünde vor, ob es nun funktioniere. Frau Hinz klagt: »Das Ding nadelhagelt noch immer!« Flugs wittert der schlaue Händler ein Geschäft: »Ich kann 'ne andre Maschine liefern, die sowohl feines weißes Seidenzeug als auch das stärkste Sohlenleder näht. Ich hab nämlich von Frau Gerber 'ne sehr gute Maschine gekauft.« Man einigt sich: Hinzens sollen 40 Mark und ihr altes Nähvehikel für das Gerber'sche Glücksgerät geben, Voß will dieses gangbar und fehlerfrei in Peenemünde abliefern. Bald darauf erscheint er auch mit der neuen Maschine bei Familie Hinz und beginnt Probe zu nähen. Doch – verflixt, verheddert und verknotet – es misslingt. Nachdem er bis gegen 18 Uhr herumstichelt, ohne ein brauchbares Resultat zu erzielen, handelt Voß listig eine Abschlagszahlung von zwölf Mark heraus, fährt zurück nach Wolgast und lässt sich den störrischen Stichapparat nachkommen. Nach einiger Zeit teilt er mit, Hinz möge sich die Maschine nun abholen. Doch der denkt gar nicht daran, weil ja vereinbart ist, dass Voß die Nadelhaubitze nach Peenemünde bringen soll.

Voß wird fuchsig und veranlasst, dass Hinz am 21. Januar 1886 einen gerichtlichen Zahlungsbefehl über die restlichen 28 Mark erhält. Hinz legt nahtlos Widerspruch ein. In dem am 29. März 1886 stattfindenden Termin einigen sich beide, dass Voß die Maschine fehlerfrei übergeben soll, dann erhalte er sein Geld. Einige Tage später bringt der Händler das Corpus Delicti auch tatsächlich vorbei, weil aber – unsolides Flickwerk – der Kopf der Nähmaschine verkehrt eingebaut ist, springt Frau Hinz erbost aus Schürze und Pantoffeln. Bevor sie Voß ihren Kochlöffel um die Ohren schwingen kann, sucht der das Weite, meint aber noch patzig: »Sie müssen sich eben solch Garn anschaffen, wie derzeit eingefädelt ist. Dann läuft die Maschine auch.« Frau Hinz tobt: »Dann kann ich sie nicht gebrauchen!«

Zum nächsten Gerichtstermin am 19. April erscheint Albert Hinz nicht, weil der Nähkasten ja nicht funktioniert. Prompt wird er durch ein Versäumnisurteil zur Zahlung der restlichen 28 Mark verpflichtet. Erneut legt er Widerspruch ein. Beim nächsten Termin am 31. Mai werden auf Vorschlag des Voß zwei Sachverständige benannt, Schlossermeister Hartmann und Schuhmachermeister Beer aus Wolgast, welche die Nähfähigkeit der Maschine untersuchen sollen. Beide zotteln nach Peenemünde, beäugen den Apparat und entdecken,

Fadenscheiniges um die Fadenspannung einer Nähmaschine führte 1886 bis 1888 zu etlichen Gerichtsterminen in Wolgast und Greifswald.

dass der Nähmaschinenkopf tatsächlich verkehrt eingebaut ist, zudem fehlen an der Fadenspannung eine Mutter, Feder und Scheibe. Da diese Stelle aber – im Gegensatz zur restlichen Maschine – völlig staubfrei ist, folgern die Schlauberger, dass die fehlenden Teile erst vor kurzem beseitigt worden seien. Bei dieser Sachlage wird Hinz erneut zur Zahlung der 28 Mark verurteilt.

Es ist verzwickt, verzwackt, verdreht und verrückt. Der kluge Hinz bleibt aber ruhig, er wirft vor Wut weder Ahlen noch Stanzeisen oder Dreifüße durch seine Schusterwerkstatt, sondern legt zum dritten Mal Berufung ein: Schneidermeister Albert Bening aus Peenemünde könne bezeugen, dass die Teile bereits fehlten, als er, Hinz, die Maschine erhalten habe. Bening bestätigt dies unter Eid am 6. Januar 1887 vor dem Amtsgericht Wolgast – und damit ist Voß nun der Gezwickte.

Doch er zwackt zurück, bezichtigt Bening des Meineides und Hinz der Anstiftung dazu und erreicht, dass beide am 1. Juni 1888 vor das Schwurgericht Greifswald gestellt werden. Es sind konstruierte Vorwürfe. Denn in der Verhandlung kommt heraus, dass Voß gar nicht die versprochene Gerber'sche Maschine, sondern ein altes, bereits seit 1872 genutztes Nähvehikel des Schuhmachers Beer an Hinz verhökert hat. Zum Zeitpunkt des Verkaufes gehörte es sogar noch Beer, der später trotzdem als Sachverständiger auftrat und die fehlenden Teile attestierte. Zugleich wird festgestellt, dass Voß früher als Postbeamter gearbeitet und wegen Unterschlagung vor Gericht gestanden hat, aber freigesprochen wurde und seit sieben Jahren als Händler in Wolgast sein Garn spinnt. Ferner entlasten einige Zeugen die Angeklagten Bening und Hinz, so dass sie letztlich freigesprochen werden. Ob die umstrittene Nähmaschine inzwischen funktioniert oder Voß die zwölf Mark zurückgeben muss – dieser Spannungsfaden der Geschichte schnurrt weiter.

Wo ist die Zobel-Stola?

Manchmal sind die Unehrlichen die Dummen

Aufsehenerregendes geschieht in der Nacht vom 26. auf den 27. August 1912 in der Stettiner Altstadt. Im Mittelpunkt steht die Sängerin Ottilie Fellwock, die als Erste Altistin am hiesigen Stadttheater Opernpartien darbietet und das Publikum mit – zumeist – kunstvollen Tönen erfreut. Doch jetzt bleibt der Diva, die ihr Organ in Werken wie »Aida«, »Rienzi« oder »Hoffmanns Erzählungen« kraftvoll einsetzt, vor Zorn die Stimme weg. Denn die Österreicherin wird im Hotel »Norddeutscher Hof«, in dem sie wohnt, bestohlen. Das Verbrechen in der Großen Domstraße 13 ist bühnenreif.

Fellwock, 1877 geboren, liebt den großen Auftritt. Sie entstammt einer vornehmen Familie, ihr Vater war österreichischer Konsul in Berlin. Die Angehörigen versuchten tremolierend, sie von einer Laufbahn als Sängerin abzuhalten. Vergeblich. Die Eigensinnige trillerte sich durch, studierte am Stern'schen Konservatorium der Musik in Berlin und bei der berühmten Sängerin Pauline Lucca und arbeitete danach an Theatern in Wien, Graz, Prag und Nürnberg. Seit Sommer 1910 ertönt die forsche Ottilie in Stettin. Fortissimo.

Am 26. August 1912 kehrt die Künstlerin gegen 21.30 Uhr mit dem Zug aus Berlin zurück und lässt sich zum Hotel fahren. Während das meiste Gepäck sofort auf ihr Zimmer geschafft wird, bleibt ein Rohrplattenkoffer aus Unachtsamkeit auf dem Hausflur stehen. Als die Sängerin am nächsten Morgen nach ihm verlangt, ist er verschwunden, berichtet das *Tageblatt für Vorpommern*: »*Nach einiger Zeit konnte man ihr jedoch melden, daß der Koffer wieder aufgefunden sei, und zwar in dem Hause Große Domstraße 17. Die obere Decke* des Koffers war mit einem Messer zerschnitten, so daß ein größeres Loch entstanden war, durch das man bequem mit dem Arm in den Koffer hineinfahren konnte [...] Die Täter haben dann die wertvollsten Sachen aus dem Koffer entwendet und sich mit ihrer Beute davongemacht.« Gestohlen wurden eine echte Zobel-Stola im Wert von 4 000 Mark, kostbare englische Kleider, seidene

Verstimmt – die Opernsängerin Ottilie Fellwock wurde 1912 in Stettin bestohlen.

Strümpfe, Seidenschuhe und Seidenkleider, ein Brillantdiadem, andere Wertsachen und Bargeld. Der Gesamtschaden: etwa 12 000 Mark. Ein Wächter sah nachts gegen zwei Uhr, wie zwei Leute in wilder Flucht die Große Domstraße entlangliefen. Morgens fand ein Zeitungsausträger auf der Straße die kostbare Krokodilleder-Brieftasche der Sängerin mit Inhalt, die Diebe müssen sie verloren haben.

Die Diva setzt – allegro – für die Herbeischaffung ihrer Sachen bzw. eines Teiles derselben eine Belohnung von 100 Mark aus. Sie hat ihre Stimme wiedergefunden, die ein Musikkritiker am 14. November 1910 in der *Ostsee-Zeitung und Neuen Stettiner Zeitung* als *»wundervolles Altorgan«* beschrieb, »*das in der Höhe vielleicht dem, der den echten Alt-klang nicht gewöhnt ist, mit seinem ausgesprochenen Ritter-bratschenton leicht befremdlich klingt*«. Aber die Stimme sei »*kraftvoll und ausgiebig nach jeder Richtung; ihre Tiefe hat ein köstliches Timbre voller Vornehmheit*«.

Schärfen Ritterbratschentöne die Sinne von Gendarmen? Geigen sie ungehörigen Gaunern gehörig ein? Erweckt Ottilies Timbre, das Kronleuchter vibrieren lässt, die Gerechtigkeit? Nach drei Wochen jedenfalls werden die Diebe gefasst. Die Kriminalpolizei verhaftet den obdachlosen Schlosser Paul Haack, der mit einem Kumpan den Koffer entwendet, im Flur eines Nachbarhauses aufgebrochen, die gestohlenen Sachen in zwei Bündel gepackt und auf dem Platz an der Hakenterrasse verscharrt hat. Die kostbare Stola, das Brillantdiadem und einige wertvolle Seidensachen nahmen sie aber mit, berichtet die *Greifswalder Zeitung* am 20. September 1912: »*Sie nächtigten dann in der Umgebung von Stettin in einer Scheune, begingen aber die Unvorsichtig-keit, einigen ›Freunden‹ von dem Diebstahl Kenntnis zu geben. Diese ›Freunde‹ beschlossen, den beiden die Sachen wieder ab-zujagen. Sie begaben sich nach der Scheune, wo beide schliefen, fielen über sie her, verprügelten sie jämmerlich und zwangen sie zur Herausgabe der gestohlenen Sachen, die dann von ihnen weiter vertrieben wurden. Als Anführer der Räuberbande ist der Arbeiter Fritz Krüger [...] ermittelt und festgenommen worden.*« Manchmal sind die Unehrlichen die Dummen. Lieto fine.

Ob die Sängerin ihren Aufputz vollständig zurückerhält, bleibt unklar. Vielleicht haben ihn die Gauner an den flie-genden Holländer verkauft, der seither in Seidenstrümpfen über die Meere jagt. Oder tanzt Samson in englischem Kleid mit der diademgeschmückten Carmen auf Figaros Hochzeit? Das wäre komische Oper.

Aber wer trägt die Zobel-Stola?

STOLPE BEI ANKLAM
Wartislaw, der Weiberheld

Karriere und Tod des ersten pommerschen Herzogs

Zu Beginn des 12. Jahrhunderts herrscht der slawische Fürst Wartislaw mit seinem Stamm am Oderhaff, ein lebensfroher Geselle mit offenbar gesundem Testosteronspiegel. Denn er beglückt neben seiner rechtmäßigen Gemahlin noch etliche Nebenfrauen – Vielweiberei ist in dieser Zeit bei den slawischen Adligen an Oder und Peene üblich. Bevor Wartislaw zum Begründer des pommerschen Herzoghauses und Stammvater der Dynastie der Greifen aufsteigt, unternimmt er noch einige – zunächst unfreiwillige – Karriereschritte, dazu gehören seine Taufe und die Annahme des Christentums.

Gezwungen wird er dazu vom polnischen Herzog Bolesław III., genannt Schiefmund. Der erobert in den Jahren 1121 bis 1122 das Mündungsgebiet der Oder und die Stadt Stettin, besiegt Wartislaw und besetzt außerdem ein westlich der Oder gelegenes Gebiet der slawischen Liutizen. Als Bolesław III. dort wieder abzieht, übernimmt Wartislaw – inzwischen getauft und christlich bekehrt – die Herrschaft über diese Region.

Der Schürzenjäger ist nun – offiziell – monogam und hat sich zur Christianisierung weiterer Gebiete an Peene und Oder verpflichten müssen. Doch leider lassen sich die haltlosen Heiden am Haff nicht so leicht überzeugen, anstelle ihrer vielen Götter nur noch einen Gott und anstelle ihrer vielen Frauen nur noch eine Gemahlin anzubeten. So reist der Bischof Otto von Bamberg heran und versucht – unterstützt von Wartislaw – 1124 und 1128 auf zwei Missionsfahrten die Widerspenstigen zur christlichen Einkehr zu bewegen. Beim zweiten Mal hat er Erfolg: Zu Pfingsten 1128 beschließen die Adligen der Gegend im Beisein Ottos und

Wartislaws auf einem Landtag in Usedom die Annahme des Christentums.

Zufrieden kehrt der Bischof am Ende des Jahres 1128 nach Bamberg zurück, nicht ohne Wartislaw vorher aufgefordert zu haben, nun endgültig seine 24 Nebenweiber abzuschaffen und nur noch mit seiner rechtmäßigen Gattin das Lager zu teilen. Wartislaw gehorcht widerwillig. Seinem Beispiel folgen – ebenfalls nicht enthusiatisch – viele vornehme Landsleute. Otto von Bamberg untersagt auch das Töten von weiblichen Neugeborenen, dies war bisher slawische Sitte, um ausschließlich männliche Nachfolger aufzuziehen.

In den folgenden Jahren festigt Wartislaw seine Herrschaft und baut sie aus. Doch dann ereilt ihn das Schicksal in Form eines liutizischen Dolches. Der Herzog stirbt, unterschiedlichen Angaben zufolge, zwischen 1135 und 1148. Der Sage nach wird er in der Nähe des Dorfes Stolpe bei Anklam von

Der Wartislawstein bei Anklam

einem Liutizier, der einige Jahre in seinem Dienst gestanden hatte, im Schlaf überfallen und erstochen. Beim Erwachen soll der Herzog noch die Kinnbacke des Mörders ergriffen und sie herausgerissen haben, so dass beide Männer sterben. Das eigentliche Mordmotiv – religiöser Eifer oder Eifersucht wegen einer oder mehrerer Damen – ist heute nicht mehr zu klären.

Wartislaws Bruder Ratibor stiftet in Stolpe eine Kirche, in welcher der getötete Herzog – vermutlich – beigesetzt wird. 1153 gründet Ratibor dann sogar ein Kloster, das erste in Pommern, von dem heute noch Ruinen in Stolpe zu besichtigen sind. 1893 wird anstelle der alten zerstörten Klosterkirche die Wartislaw-Gedächtniskirche eingeweiht. Im Eingangsraum der Kirche befindet sich eine Gedenktafel mit dieser Inschrift: *»Der erste christliche Pommernherzog Wartislaw I. wurde um seines Glaubens willen ermordet zu Stolpe an der Peene 1136«.*

Zudem erinnert an der Bundestraße 110 bei Grüttow fünf Kilometer westlich von Anklam ein Gedenkstein an Wartislaw. Der rote Granitfels wurde im Lauf der Jahrhunderte mehrfach umgesetzt. Zunächst soll er etwa 300 Meter südöstlich vom jetzigen Standort – am vermuteten Tatort – gestanden haben. Beim Bau der Steinbahn (heutige B 110) um 1850 wurde er an die jetzige Stelle versetzt. Er ist eines der ältesten historische Denkmale Pommerns. Zu sehen sind auf der Vorderseite ein Kreuz und ein Horn, auf der Rückseite eine Christus- oder Kriegerfigur. Ob das Monument tatsächlich zum Gedenken an den einstigen Frauenhelden aufgestellt wurde, bleibt zweifelhaft, da der Stein erst seit dem 19. Jahrhundert diesen Namen trägt. Wohl eher ist er ein mittelalterlicher Grenzstein, der einst herzoglichen von kirchlichem Besitz trennte.

Der fliegende Heinrich

Die rasanten Fahrten eines Droschkenkutschers

Heinrich Eiermann liebt die Bewegung, nicht die zu Fuß oder per Eisenbahn, sondern die mit seiner Droschke, einem flinken Straßenschiff, das alle Passagiere pünktlich zu ihren Zielhäfen bringt. Auf dem Kutschbock wird er zum tollkühnen Kapitän, der kreuz und quer durch Stralsunds Straßen jagt. Um rascher als die Konkurrenz zu sein, schwingt der Klabauterkerl seine Peitsche so flink über dem Kopf, dass selbst bei norddeutschen Wolkenbrüchen keine Regentropfen auf Hut und Mantel fallen. Sobald er die Knute auf die Hinterteile seiner Droschkengäule niedersausen lässt, wiehern die Klepper fröhlich, steigen mit den Vorderhufen in die Höhe und jagen sodann über die Straßenpflaster zwischen Neuem Markt, Wulflamhaus und Hafen, dass die Funken stieben. Eiermann eiert eben nicht lange herum, er ist ein Mann der Fahrt. Vom Stillstehen bekommt er Koliken, nervöse Nerven und bisweilen – so geht das Gerücht – sogar Skorbut.

In der Nacht vom 18. zum 19. Dezember 1887 türmen sich schwere Wolken über Stralsund, kein Stern ist zu sehen. Das Wasser in den städtischen Teichen murmelt leise, der Wind schleicht um die Häuser, das Leben auf den Straßen wird vom Seenebel verschluckt. Heinrich Eiermann ankert, auf einem alten Zigarrenstummel kauend, vor dem Bahnhofsgebäude und wartet auf Fahrgäste. Kurz vor Mitternacht schnauft der letzte Dampfzug herein, einige Menschen steigen aus und gehen durch die Bahnhofshalle zu den Droschken. Sind ein paar Ahnungslose dabei, die sich beim tollkühnen Kapitän einschiffen und seine Gassengaleone besteigen?

Eiermann späht mit flinken Augen, erkennt einen poten-
ziellen Passagier, springt vom Kutschbock, seinem Steuer-
deck, herunter und ruft: »Mien Herr, kamen Sei hier röwer.
Ik bring Sei in Nullkommanix na'n Teel. Dei Strat is hüt
glitschig, Sei kriegen kolte Fäut. Un Ehr Kuffers, groter
Gott, kieken bannig schwor ut. Ik nähm Sei de Bagaasch af.«
Der Kutscher greift zu, stellt das Gepäck hinten auf die
Droschke und schiebt den feinen Herrn auf die Sitzbank.
»Wurhen sall dat gahn?« »Zum ›Goldenen Löwen‹!« »Dat
Hotel an'n Olten Markt?« »Genau, und bitte schnell.« »Dat
sallen Sei hebben! Ik sett miene Takelaasch, denn preschen
wi los!« Eiermann entert den Kutschbock, hisst die Zügel
und lässt die Peitsche Polka tanzen. Die Pferde blähen die
Nüstern und stürmen los, dass der Fahrgast nach hinten in
die Sitzbank fliegt. Es geht in Richtung Innenstadt. Sie segeln über den Tribseer Damm, vorn backbord der Knieper-
teich ist ihr Atlantik und drüben der Katharinenberg ihr

*In Stralsund »sägelte« Kutscher Eiermann
einen Nachtschandarm öwer'n Hümpel.*

Kap der Guten Hoffnung. Doch voraus rollt eine Droschke, die etwas früher vom Bahnhof losgefahren ist. Eiermann fühlt sich an seiner Kapitänsehre gepackt, holt mit der Knute aus und will vorbei. Plötzlich taucht – hopplahopp – in der Nähe des Gartenlokals »Elysium« am Tribseer Damm ein zweibeiniges Riff aus der Dunkelheit auf, mit dem sie – holterdiepolter – kollidieren. Es handelt sich um den Nachtwächter Mesow, der besinnungslos liegen bleibt und alsdann per Droschke in seine Wohnung geschafft werden muss.

Für diese Karambolage wird der fliegende Heinrich gerichtlich belangt. Am 22. Oktober 1888 verhandelt die Strafkammer Stralsund gegen ihn, wie drei Tage später in der *Stralsundischen Zeitung* zu lesen ist: »*Der Angeschuldigte fuhr, um einen anderen Droschkenkutscher an Fahrgeschwindigkeit zu überbieten, übermäßig schnell vom Bahnhofe zu Stralsund in die Stadt. Hierbei achtete er nicht darauf, ob die Fahrbahn der Straße frei war und fuhr dicht an den rechten Fußweg der Straße. Dort stand der Wächter Mesow, mit einem Fuße auf dem Fahr-, mit dem andern Fuße auf dem Fußwege und wurde in dem Augenblick, als er sich etwas vorbeugte, um die Droschkenkutscher zu erkennen, von der Droschke des Angeschuldigten erfaßt und niedergeworfen. Mesow trug Verletzungen am rechten Oberarm und eine entzündliche Reizung des Brustfelles davon.*« Eiermann selbst ist bei der Gerichtsverhandlung nicht dabei. Er wohnt inzwischen in Klein Linde bei Perleberg und ist auf seinen Wunsch hin – wegen der großen Entfernung – dort vom Amtsgericht vernommen worden.

In Stralsund nun stößt das Gericht, nach der Anhörung aller Zeugen, den Kapitän vom Deck: Es verurteilt ihn wegen fahrlässiger Körperverletzung zu sechs Wochen Gefängnis und macht damit klar Schiff. Der fliegende Heinrich wird nie wieder durch Stralsunds Gassen segeln.

Spitzbuben

Von Kaufmännern, Zockern und Schummlern

Als im Jahr 1765 in Stralsund eine Spielkarten-Fabrik gegründet wird, ahnt niemand, dass sich die Stadt einmal zur Hochburg für Herzdamen, Eichelkönige und Tarotkarten entwickeln wird, in der findige Fabrikanten Kartenblätter für die ganze Welt drucken. Doch Stralsund ist ein gutes Pflaster für das Spiel um Zaster, ob zum Spaß oder als Laster, ob rauchfrei oder mit viel Knaster. Mitte des 19. Jahrhunderts entstehen zwei weitere Spielkartenfabriken, alle drei schließen sich 1872 zur *Vereinigten Stralsunder Spielkarten-Fabriken Aktien-Gesellschaft Stralsund* zusammen. Diese Firma, kapitalkräftig und wettbewerbsfähig, trumpft in der Folgezeit auf und sticht etliche Konkurrenten aus.

Zu den Gegenspielern gehört ein Kaufmann in Stralsund, der jahrelang kräftig Kontra gibt. Er ist störrisch wie ein Schafkopf, lästig wie eine Lusche und – das Schlimmste – ein Abtrünniger: Wilhelm Falkenberg. Diese – aus Sicht der *Vereinigten Stralsunder Spielkarten-Fabriken* – kleine Krämerseele war früher Werkmeister in einer der alten Spielkartenfabriken, jetzt betreibt Falkenberg in der Schillstraße 34 eine Destillation und einen Weinhandel und wagt es doch tatsächlich, 1872 die *Stralsunder Spielkarten-Fabrik W. Falkenberg & Companie* zu gründen, das Arschloch. Zwei Jahre später bezieht seine Firma in der Barther Straße 20 in der Tribseer Vorstadt sogar ein neues, größeres Domizil. Falkenberg, der Flegel, bietet frech Paroli, denn er vertreibt seine Ware ebenfalls als »Stralsunder Spielkarten«.

Die Aktienkönige der *Vereinigten Stralsunder Spielkarten-Fabriken* versuchen es mit Finanzgewalt und buttern ordentlich rein: Im Jahr 1882 kaufen sie die Spielkartenfabrik

Lennhoff & Heuser in Frankfurt am Main, holen deren Mitbesitzer Karl Friedrich Heuser (1849–1919) an den Strelasund und machen ihn zum Direktor. Heuser erweist sich als Ass: Unter seiner Leitung starten die Fabriken, deren Kontor am Kütertor steht, richtig durch. Jetzt wird nicht mehr Mau-Mau, sondern Poker gespielt.

Doch die Skatbrüder in der Tribseer Vorstadt haben keine Lust auf Royal Flush, sondern reizen keck weiter. Falkenberg selbst hat bereits 1875 seine Destillation und den Weinhandel aufgegeben, fortan nur als Kaufmann und danach als Kassierer des Stralsunder Kreditvereins gearbeitet. Seine Spielkarten-Fabrik leitet seit Ende der 1870er Jahre der Kaufmann August Schultz als Direktor. Schultz ist lange Zeit ein Gewinner bei vielen Verhandlungen, weil er keine Partie verloren gibt und seine Trümpfe geschickt ausspielt, die *W. Falkenberg & Companie* kann sich glücklich schätzen, einen solchen Joker zu haben. Er wohnt am Firmensitz, die Arbeitswege sind kurz, Schultz lebt nur für die Handelsgesellschaft. Doch die Zocker am Kütertor erweisen sich

An historischen Druckmaschinen in der Stralsunder Spielkarten-Museumswerkstatt kann noch heute gearbeitet werden.

letztlich als stärker. Am 10. April 1888 meldet die *Stralsundische Zeitung*: »*Die Stralsunder Spielkarten-Fabrik W. Falkenberg & Co. ist, wie wir von zuverlässiger Seite erfahren, von der Vereinigten Stralsunder Spielkarten-Fabrik, Aktien-Gesellschaft, angekauft und wird von dieser weitergeführt werden.*« Der Kaufpreis, ohne Immobilien, beträgt knapp 92 000 Mark. Am 2. Mai 1888 wird Falkenbergs Handelsgesellschaft aufgelöst.

Im Strudel dieser Ereignisse gerät Direktor Schultz auf Abwege. Er fängt an zu schummeln und stiehlt mindestens 400 Mark aus der Geschäftskasse, außerdem führt er eine in Berlin empfangene Zahlung von 300 Mark nicht an seine Firma ab. Der Direktor wird so zum Falschspieler, zum Mogler, er wandelt sich vom Herz- zum Spitzbuben. Nach diesen Mauscheleien versucht er über alle Berge zu entkommen, gelangt auch bis in die Alpen, wird aber in Innsbruck verhaftet und nach Stralsund zurückgebracht.

Am 17. September 1888 muss er vor der Strafkammer Stralsund Farbe bekennen. Schultz mauert nicht, er hat nichts in der Hinterhand und schiebt niemandem den Schwarzen Peter zu. Er gesteht alles und erhält wegen Unterschlagung und Untreue neun Monate Gefängnis.

Die anderen Spitzbuben spielen weiter. Die *Vereinigten Stralsunder Spielkarten-Fabriken* kaufen in den Folgejahren zahlreiche Konkurrenten auf, vertreiben Spielkarten in die ganze Welt, verzocken sich aber irgendwann und ziehen 1931 nach Altenburg um. Die Fabrik in Stralsund wird abgerissen.

Seit 2009 erinnert eine Museumswerkstatt am Katharinenberg 35 an die einstige Spielkarten-Tradition der Hansestadt. Spitzfindige Buben und andere Gäste können hier an Druckmaschinen selbst Spielkarten herstellen. Für Trickser und Bluffer ist kein Platz mehr. 🐟

Die Aalstecher

Nächtliche Eisfischerei auf dem Frankenteich

An diesem winterlichen Sonnabend, es ist der 25. Februar 1888, geschieht vor den Toren der Stralsunder Altstadt Verbotenes. Die braven Bürger ahnen nichts davon, weil sie ihren üblichen Gewohnheiten nachstapfen. Der gestrige Sturm hat den Schnee an manchen Stellen zu hohen Schanzen zusammengetrieben, so dass einige Milchwagen morgens mit vier Pferden bespannt in die Stadt kamen. Der Fährverkehr nach Rügen wird nicht mehr mit Booten unterhalten, sondern mit Handschlitten, die über das Eis gezogen werden. Die Leute beäugen die Eiszapfen an ihren Hausdächern, hüllen sich in Mäntel und tippeln abends zu Gesang und Geselligkeit. Um 18 Uhr probt der Dornheckter'sche Gesangverein im Rathaus, der Männerturnverein feiert ab 20 Uhr im »Hotel Bismarck« das erste »Schnitterfest« zu Ehren des im vergangenen Jahr gestorbenen Stralsunder Dichters Wilhelm Schnitter. Und im Stadttheater findet zu ermäßigten Preisen eine »Volksthümliche Vorstellung« des Schauspieles »In unsern vier Wänden« von Reinhold Ortmann statt.

Nach 22 Uhr bewegen sich drei Gestalten auf den Frankenteich zu, sie betreten das Eis und stiefeln langsam zur Mitte des Sees. Es herrscht leichter Frost, minus zwei Grad Celsius, der Himmel ist bedeckt, und der Wind weht mäßig aus Südost. Die Männer tragen Laternen, Äxte, Eimer und Aaleisen bei sich: »Wenn dat man gautgeiht«, sagt der erste, »de Nacht is düüster, wi könen knapptau seihn.« »Dat scheniert keinen groten Geist, un 'n lütten hebben wi nich«, antwortet der zweite. »Sachte, ji Dösbaddels. Wi möten lies sin«, flüstert der dritte, »sünst kriegen de Wachtmeesters uns bi'n Wickel.«

Doch die Geheimhaltung ist – bei ihrem Vorhaben – etwas kompliziert, denn als die Eimer abgestellt und drei Stellen vom Schnee befreit sind, sausen die Äxte auf das Eis nieder, dass die Schläge hinüber zu den Häusern am Frankenwall hallen. Die Kerle halten inne und horchen, aber weil sich nichts regt, hacken sie – wie schneeumrauschte Ritter im fröhlichen Eissplittergewitter – unbesorgt weiter: »De Schandarms kamen nich her, se picheln düchtig Köm in ehr Wachstuf. Dor kannst du eenen up fohren laten.« »Diene grote Flapp, Robert, will ik hebben.« »Ach, Willem, uk dien Mul möt na dien' Dot noch extra dotschlan warden.«

Schon haben die Bagaluten mehrere Löcher gehauen, die Laternen angezündet, um Fische anzulocken, schon fuhrwerken sie mit ihren Aalspeeren in den Fluten umher wie Neptun mit seinem Dreizack auf der Jagd nach Seeschlangen. Die eisernen Aalspeere, von den Männern selbst angefertigt, sind mit Spitzen und Widerhaken versehen und an langen Stangen befestigt, so dass man sie tief ins Wasser sto-

Up'n Stralsunner Frankendiek
fünn dat dulle Aal-Abendüer inne Winternacht statt.

ßen kann. Große gestochene Aale bringen zur Zeit, verkauft man sie am Hafen, 50 bis 55 Pfennige pro Pfund.

Doch mit ihrem Lärm und den brennenden Laternen locken die Helden keine Fische, sondern alsbald die Gendarmen an: »Düwel, de Wachtmeesters kamen! Fix, wi möten uns verkräumeln.« Die Kerle versuchen zu fliehen, aber ihr drollig-ungelenker Eisschnelllauf wird von den Polizisten rasch beendet: »Halt, ihr Seeräuber! Klaut ihr hier etwa heimlich Fische? Na, da ist uns ja ein schöner Fang gelungen!«

Am 15. Juni 1888 müssen sich die Eis-Eiligen vor dem Schöffengericht Stralsund verantworten. Es handelt sich um die Stralsunder Fischer Robert Ranig, Wilhelm Pasewalk und den Fischerknecht Julius Harms. Sie sind angeklagt, *»fremde bewegliche Sachen, nämlich Aale, in der Absicht sich dieselben rechtswidrig anzueignen, dem Eigenthümer Fischereipächter K. aus dem Frankenteiche, einem geschlossenen Gewässer, wegzunehmen«*, schreibt die *Stralsundische Zeitung.* Die Männer bestreiten ihre Schuld: »Herr Richter, mi sall de Schlach rühren, wenn ik flunker«, erklärt Ranig, »wi sünd blot öwer't Ies rümlopen, spazieren gahn.«

»Nachts, mit Eimern und Aaleisen? Wollt ihr mich für dumm verkaufen?«

»Jau, dat heit, nee, dit willen wi nich«, stottert Pasewalk, »wi wullen koltes Ies halen, üm tau Hus uns Bier tau kühlen, ihrlich.« Und Harms beteuert: »Dat wier so kolt up'n See, Hochwürden, dat ik in'n Hunn'moors krabbeln un achter mi tauschlan wull!« Der Richter rümpft die Nase. Die Beweisaufnahme ergibt die Schuld der Angeklagten, die Sache wird aber an die Strafkammer Stralsund überwiesen. Diese verurteilt die Strolche am 15. Oktober 1888 wegen Fischereivergehens zu Geldstrafen von je 60 Mark, ersatzweise – sollten sie nicht zahlen – zu je 12 Tagen Haft. Ihr winterliches Aal-Abenteuer wird so eiskalt geahndet.

Schillernder Reigen

Wenn Wollüstige in Wallung geraten

Immer wieder erheben Leute Wehklage darüber, dass Sittlichkeit und Anstand gefährdet seien. Ihrer Meinung nach breiten sich überall sexuelle Zügellosigkeiten aus. Auch die Moralwächter des Deutschen Kaiserreiches fühlen sich ab 1871 berufen, Enthaltsamkeit und Prüderie zu predigen und alle Verirrten zurück auf den Pfad der Tugendhaftigkeit zu führen. Sie drängen auf Regeln und Gesetze, beschwören strenge Normen – und fördern damit eine optimale Verklemmtheit und Doppelmoral. Denn Paragrafen regulieren keine Hormone. Wenn Wollüstige in Wallung geraten, wieseln sie weiterhin wild über widrige Wege und widmen sich willig ihren wüsten Wünschen. So auch in Stralsund.

Hier kehrt im August 1913 der Müller Max Schwenn eines Nachts nach Haus in die Große Parowerstraße 4 zurück und überrascht – sackerlot – seine Ehefrau mit ihrem Liebhaber: *»Es kam zu einem erregten Streit«*, berichtet das *Demminer Tageblatt, »in dessen Verlauf der schon erwachsene Sohn der Frau Sch. gegen seinen Stiefvater Partei ergriff. Liebhaber und Sohn verprügelten den Vater, der hierbei auch zahlreiche Messerstiche davontrug, derart, daß er in das städtische Krankenhaus eingeliefert werden mußte, während die Täter verhaftet wurden.«*

Auch die ungetreue Müllersfrau wird festgenommen und verrät im Verhör, um von ihrem Ehebruch, der zu dieser Zeit strafrechtlich verfolgt werden kann, abzulenken, dass in einem Privathaus in der Schillstraße viel heftiger gesündigt werde: Dort betrieben Damen zweifelhaften Rufes und Bürgerfrauen mit Herren, zum Teil aus höheren Kreisen, regelmäßig frivole Zusammenkünfte.

Die Polizei geht diesem Hinweis nach, beobachtet das Grundstück und überrascht im Etablissement schließlich einige Männer und Frauen, denen ihre Entdeckung höchst peinlich ist. Ihr schillernder Reigen findet mit der Feststellung der Personalien ein amtlich-steifes Ende.

Derweil haben sich die Schwenns wieder in die Haare bekommen. Vor ihrem Haus entsteht am 27. August abends ein Menschenauflauf, meldet die *Stralsundische Zeitung*: *»Dort war die in der vorigen Woche von ihrem Mann fortgewiesene Frau Sch., die sich jetzt in der Stadt eine Wohnung gemietet hatte, wieder erschienen, um sich mehrere Sachen zu holen. Als ihr Mann ihr diese aber nicht geben wollte, machte sie eine große Lärmszene und zertrümmerte aus Wut viele Sachen, was von den vielen Draußenstehenden immer mit großem Lärm aufgenommen wurde; schließlich soll aber eine Versöhnung stattgefunden haben.«* Während die Wallungen der Müllersfrau abebben, ermittelt die Polizei weiter in der Schillstraße. Die Affäre erregt inzwischen die hanseatischen Gemüter und ist Stadtgespräch. Seltsamerweise berichten nur auswärtige Zeitungen über den Skandal, nicht aber

In der Stralsunder Schillstraße kam es 1913 zu einem frivolen Skandal. Das »Sündenhaus« Nr. 14 existiert heute nicht mehr.

die lokale *Stralsundische Zeitung*. Hat dies womöglich mit den Herren aus höheren Kreisen zu tun, die beim Fremd-kuscheln erwischt wurden? Nehmen sie Einfluss auf die Berichterstattung? Oder meidet der Redakteur das Thema, weil er seine konservative Leserschaft nicht mit schlüpfrigen »Untenrum-Nachrichten« erschrecken will und fürchtet, potente Anzeigenkunden zu verlieren?

Die Ermittlungen führen dazu, dass drei Frauen wegen Kuppelei gerichtlich belangt werden. Am 3. März 1914 verurteilt die Strafkammer Greifswald – als Berufungsinstanz nach dem Schöffengericht Stralsund – die unverehelichte Frieda G. zu drei Monaten und ihre Mutter Anna R. zu einem Monat Gefängnis. Die Tochter muss zudem wegen Gewerbevergehens 25 Mark Strafe zahlen: »*Beide Angeklagten hatten in ihrer Wohnung in Stralsund der Unzucht durch wissentliches Ueberlassen ihrer Wohnung zu Stelldicheine zwischen verheirateten Männern und Frauen Vorschub geleistet. Bei dieser Gelegenheit hatten sie auch Weine und Spirituosen ohne Konzession gegen Entgelt an die Liebespärchen abgegeben*«, schreibt das *Tageblatt für Vorpommern*. Es berichtet auch, dass eine Woche später, am 10. März 1914, die Seemannsfrau Marie Schönrogge ebenfalls wegen Kuppelei vor der Strafkammer Greifswald steht: »*Die Angeklagte bewohnt in der Schillstraße in Stralsund ein kleines Haus. Sie hatte […] an zwei angesehene Herren aus Stralsund je ein möbliertes Zimmer mit Kabinett vermietet. Diese sollen mit Einwilligung der Sch. nun fremde Frauenspersonen empfangen und strafbaren Verkehr gehabt haben.*«

Die Schönrogge bestreitet, von dem Treiben gewusst zu haben und wird letztlich wegen Mangels an Beweisen freigesprochen. Ihre Zimmer vermietet sie nicht mehr an Balzfreudige. Die schnäbeln jetzt woanders.

Die Fahrtwindigen

Von Weltliteratur, Zigarren und zerschnittenem Lederzeug

Über 50 verschiedene Fuhrherren zockeln Ende der 1880er Jahre durch Stralsund. Es sind Eigentümer von Droschken, Lohnfuhrwerken und Pferde-Omnibussen, Besitzer von Fracht-, Roll-, Möbel- und Leichenwagen sowie sonstige Fuhrleute. Unter ihnen gibt es ein paar fixe Burschen, die immer wieder mit dem Gesetz in Wettfahrt geraten.

Zum Beispiel Vater und Sohn Behrendt. Der Vater verstößt, weil er eines Abends bei Ankunft des Nachtzuges nicht wie vorgegeben mit seiner Kutsche am Bahnhof wartet, gegen das Droschken-Reglement und wird dafür am 4. November 1887 vom städtischen Schöffengericht gerüffelt: Er muss 1,50 Mark Strafe zahlen. Sein Sohn Albert ist ebenfalls eigensinnig – böse Zungen kalauern, der Pferdeapfel falle eben nicht weit vo(r)m Kutschbock. Im April 1887 verfolgt Albert zusammen mit zwei Kumpanen auf der Straße eine Frau, schreit und lärmt, sodass ein Menschenauflauf entsteht und die öffentliche Ordnung gestört wird. Die Konsequenz: 20 Mark Strafe. Im August 1887 prügelt der Sohnemann sich mit einem anderen Droschkenbesitzer in dessen Kutsche, wieder sind 20 Mark fällig. Überdies hält Albert eines späten Abends einem Polizisten am Bahnhof einen zügellosen Vortrag, weil der Beamte kurz zuvor eine Behrendt'sche Droschke fortgeschickt hat, die – vom Kutscher Eiermann gelenkt – falsch bespannt war: »Es dauerte aber nicht 5 Minuten«, teilt die *Stralsundische Zeitung* mit, »so kam der Behrend[t] mit demselben, also mit seinem Fuhrwerk, im starken Trabe zum Bahnhof zurückgefahren und fing, noch auf dem Bock sitzend, laut mit folgenden Worten an zu schimpfen: ›Wo ist der Kerl, der mein Fuhrwerk vom Bahnhof gewiesen hat?‹ Darauf wandte er sich gegen den Polizeisergeanten und sagte, als er schon abgestiegen war: ›Ich will Ihnen was ..., Sie können mir in dem A ... lecken.‹« Obgleich Behrendt hier Weltliteratur – Goethes »Götz von Berlichingen« – textsicher zu Gehör bringt, honoriert das Schöffengericht Stralsund die Aufführung nicht, sondern schickt den Künstler mit Urteil vom 4. Januar 1888 wegen öffentlicher Beleidigung eine Woche ins Gefängnis.

Ein anderer Droschkenritter, der ebenfalls engagiert städtische Verordnungen befehdet, heißt Friedrich Günther. So bietet er sein Fuhrwerk dem Publikum widerrechtlich direkt am Perron des Bahnhofes an, quarzt während der Touren verbotenerweise dicke Zigarren und konserviert mit dem Schmauch sein Fahrzeug samt Gästen, außerdem beleuchtet er die Kutsche nicht ordnungsgemäß und rattert über Straßenecken, die deutlich als gesperrt bezeichnet sind. Für seine Fahrten erteilen Polizei und Gericht dem windigen Friedrich immer wieder kräftige Abfuhren.

Die Stralsunder Altstadt war das umkämpfte Revier der Fahrtwindigen.

Am meisten jedoch schlägt Carl Rätz über die Stränge. Wenn der in Brass ist, wirft er die Hände in die Höh' und bölkt über den Neuen Markt, dass die Scheiben in den Fenstern der Kaufmannshäuser zittern. Der Droschken- und Leichenwagenbesitzer wohnt in der Frankenstraße 62 und ist auf seine Berufskollegen – dauerhaft und formvollendet – schlecht zu sprechen. Im März 1888 gehen die Pferde richtig mit ihm durch – und für diesen Gangstergalopp muss sich der Miese-Carl vor dem Schöffengericht Stralsund verantworten. Der Vorwurf: Er habe böswillig vier Droschken seiner Konkurrenten beschädigt. Rätz, im Erfinden von Ausreden sattelfest, behauptet, er sei zur Tatzeit zu Hause gewesen, benennt immer wieder neue Entlastungszeugen und verzögert so das Verfahren. Am 19. Oktober 1888 steht der dritte Gerichtstermin an, zu dem 15 Zeugen erscheinen. Die *Stralsundische Zeitung* informiert über die fast dreistündige Verhandlung:

»Am 11. März und schon an früheren Tagen hatte der Angeklagte Zank und Streit mit mehreren Droschkenkutschern gehabt und ist darauf am selbigen Abend von einigen Zeugen in der Wohnung resp. vor derselben und auf deren Hofe gesehen worden, auch hat ein Zeuge gesehen, daß Angeklagter sich bei der Droschke des G. zu thun machte. Als dies dem Besitzer mitgetheilt wurde, sah dieser nach und fand die Ledertheile seiner Droschke zerschnitten. Die Reparatur kostete 25 Mark, die der anderen Fuhrherrn kosteten 52, 69 resp. 66 Mark. Auch diese Beschädigung ausgeführt zu haben, wurde Angeklagter verdächtigt«. Rätz weist windig alle Vorwürfe zurück.

Nach Beratung des Gerichtes wird er aber schuldig gesprochen und für seinen schneidigen Einsatz zu zwei Monaten Gefängnis verurteilt. Der Luftikus darf nun gesiebte Luft atmen und muss zudem die stattlichen Verfahrenskosten tragen. 🐟

Weihnachtliche Gaunereien

Von Baumprahlerei, Diebstählen und dem Polizeihund Fix

Angeberei ist eine Eigenschaft, die mehr Menschen besitzen, als ein Wald Bäume hat. Wenn es um Tannen geht, durcheilen spezielle Geistesblitze die Lichtungen in manch eitlen Köpfen, so auch beim Fischhändler Albert Schmidt aus Demmin. Er erwirbt kurz vor Weihnachten 1887 – pommersches Nadelholz in Sinn und Begehr – aus dem Forst bei Dargun 100 Tannenbäume, um sie weiter zu vertreiben und bittet den Gärtner Ziems, der die Bäume verkauft, um einen kleinen Gefallen: Er soll auf der Bescheinigung, die den Handel dokumentiert, aus der Zahl 100 eine 200 machen. Der Fischhändler will mit der hohen Zahl seinen Konkurrenten in Demmin imponieren. Tannenprahlerei. Der Gärtner zuckt mit den Schultern und verändert die Ziffer.

Als Schmidt wenig später dickbramsig auf dem Markt in Demmin steht und sein Gesträuch feilbietet, kontrolliert ihn der örtliche Polizei-Commissarius und fordert ihn auf, den rechtmäßigen Erwerb der Bäume nachzuweisen. Schmidt zeigt seine Bescheinigung vor, doch dabei fliegt der Schwindel um die veränderte Zahl auf. Üble Bescherung. Der Tannenjünger muss sich infolgedessen wegen der Verwendung einer gefälschten Urkunde vor dem Königlichen Landgericht Greifswald verantworten. In der Verhandlung am 26. Oktober 1888 erinnert sich der Polizei-Commissarius allerdings nicht mehr genau, ob der Fischhändler die Bescheinigung gleich auf dem Markt zeigte oder ob er sich dieselbe erst später aus Schmidts Wohnung holen ließ. So kann nicht mit Gewissheit festgestellt werden, ob Prahlalbert die Bescheinigung tatsächlich aktiv genutzt hat, um zu täuschen. Das Gericht spricht ihn frei. Schmidt klopft auf Tannenholz – Glück gehabt.

Weihnachten ist auch eine Zeit für Diebe. Sie beschenken sich zum Fest gern selbst mit fremden Dingen und üben dadurch unorthodox Nächstenliebe aus. So wird in Wolgast in der Nacht zum 17. Dezember 1910 ein Arbeiter mit acht (!) Tannenbäumen gefasst, die er aus dem Wald gestohlen hat und nach Hause trägt – ein echter Lichterbaum-Liebhaber. Zwei Jahre später begehren Unbekannte, berichtet die *Stralsundische Zeitung* am 15. Dezember 1912, nachts in Richtenberg Gleiches: »*Der Händler Kegel von hier hatte sich von auswärts eine große Zahl Tannenbäume beschafft; dieselben lagerten auf seinem Hofe. Der oder die Diebe waren nun von der Schulstraße aus über die Befriedigung auf den Hof geklettert und hatten schon eine Anzahl Bäume herübergeworfen, um dann mit denselben zu verschwinden. Jedoch wurden die Diebe in ihrem Geschäft gestört, denn als der städtische Wächter gegen 3 Uhr dort vorbeikam, rückten dieselben aus und ließen ihre Beute im Stich.*« Die überraschten Langfinger stehlen sich davon.

In der Adventszeit entsteht manch dunkle Begierde …

Auch Feinschmecker sind in der Adventszeit in Vorpommern unterwegs: Mitte Dezember 1910 brechen sie in Pensin bei Demmin beim Lehrer ein. Die Strolche steigen vom Hof durch ein Fenster in die Speisekammer, finden aufgrund der kürzlich vorgenommenen Schweineschlachterei ein reichhaltiges Menü vor und nehmen außer sämtlichem Bratenfleisch und Presskopf noch fünf Pfund Butter und etwa 100 Eier mit. Bon appétit.

Für Heiterkeit sorgt in jenen Tagen – in Tribsees – eine fidele Polizeihundgeschichte. Eine Frau hat zwei fette Enten geschlachtet, um sie ihrer Tochter als Festtagsbraten nach Dresden zu senden. Über Nacht verschwindet eins der Tierchen, die sauber gerupft an luftigem Orte hängen, spurlos. Alle Nachforschungen bleiben erfolglos, so dass Fix, der Polizeihund aus der Nachbarstadt, geholt wird, schreibt die *Greifswalder Zeitung* am 18. Dezember 1910: »*Mit bewährter Findigkeit nahm das brave Tier die Spur auf und führte seine erwartungsvollen Begleiter auf kürzestem Wege in ein Restaurant und stellte dort den eigenen Sohn der geschädigten Mutter, der mit einigen guten Freunden dort am gedeckten Tisch sich gerade gütlich tat. Alles ist baff, bis endlich die resolute Mutter zuerst ihrem Erstaunen Luft machte mit den Worten: ›Dit's mi jo 'ne schöne Geschicht, wat makst Du hier eigentlich?‹ Nach einer Verlegenheitspause fand der Sohn endlich auch Worte und meinte: ›Ja, Mudding, wi hebben uns ne lütt Ent hüt abend hier braden laten; Du deihst dat jo doch nich, ick heww Di oft naug dorüm beden tauhus. Mi dücht, uns Liesing in Dresden hett uk an ein (Ent') naug.‹*« Doch der Schmaus im Lokal ist aus. Während Mudding vor Entrüstung fix und fertig ist, muss ihr Sohn noch die Rechnung, die der Besitzer des pfiffigen Polizeihundes stellt, bezahlen. Das Tier hat seinem Namen wieder einmal Ehre gemacht: Wenn Fix ermittelt, ist er flink fertig. 🐟

UECKERMÜNDER HEIDE
Sünde und Sühne

Wie der Tod des Herzogs Barnim II. überliefert wird

An der alten Poststraße, die von Ueckermünde nach Stettin führt, steht, wenn man Hintersee in der Ueckermünder Heide passiert hat und sich der deutsch-polnischen Grenze nähert, eingebettet zwischen Bäumen und Rhododendron-büschen, ein großes Holzkreuz, das sogenannte Barnims-Kreuz. Es trägt die Jahreszahl 1295. Außerdem liegt dort ein großer Findling, in den die gleiche Jahreszahl sowie ein Kreuz eingemeißelt sind. Handelt es sich um einen Sühne-stein, der an ein Verbrechen erinnert?

Es gibt dazu keine gesicherten Überlieferungen. Barnim II., um 1275 geboren, kam als Herzog von Pommern womöglich gewaltsam zu Tode. Ob es ein heimtückischer Giftmord oder ein Zechgelage-Totschlag war, der Bolzen einer gegnerischen Armbrust seine Rüstung durchschlug, ein angriffslustiges Wildschwein ihn auf die Hauer nahm oder eine enttäuschte Dame ihm eine Bratpfanne über den Schädel zog – das alles ist nicht mehr feststellbar. Eine Legende, beschrieben von Heinrich Berghaus in seinem 1865 erschienenen *Land-buch des Herzogthums Pommern und des Fürstenthums Rügen (II. Theil Band I)*, vermeldet, dass der Ritter Vidante von Muckerwitz den Herzog erstach:

»Herzog Barnim II. fröhnte der ›noblen Passion‹ des Waid-werks in hohem Grade. Um dieselbe ungehindert und nach Herzenslust pflegen zu können, hielt er sich öfters in seinem Jagdschlosse zu Ukermünde auf, von wo er dann mit seinen, von ihm eingeladenen Vasallen zu Klempenow, Stolzenburg, Mützelburg, Vogelsang und dem übrigen Jagdgefolge in den großen Ukermündeschen Waldungen umherstrich und bei die-ser Gelegenheit denn auch bei einem der Vasallen einkehrte

und rastete. So kam er auch nach Vogelsang. Hier fand er ein anderes, ein – edleres Wild, Vidante's schönes Eheweib, zu dem er in heftiger Liebe entbrannte.«

Kurzerhand sorgt Barnim II. – laut der Überlieferung – dafür, dass Vidante in einer Angelegenheit an den polnischen Hof gesandt wird, damit er, Barnim, in Vogelsang freies Feld zur Balz gewinnt.

Dann schwillt des Herzogs Hahnenkamm, er jagt im Revier bis tief in den Abend und gockelt schließlich zur Angebeteten: »Des Ritters Vidante Burg war in der Nähe. Jetzt oder nie, dachte er! Er bat die edle Wirthin um Einlaß, um ein Nachtlager, eine Bitte, die dem Fürsten gegenüber nicht abgelehnt werden konnte. In seiner Arglosigkeit dachte das schöne Weib nicht daran, daß sein blaues Auge, sein güldenes Haar, die üppige Gestalt und seiner Stimme sanfter Ton für Aug' und Ohr eines jungen, begehrlichen Mannes zu gefährliche Gesellschaften seien, dachte nicht daran, daß diese Gefahr durch Nacht, Einsamkeit, Abwesenheit des Haus- und Eheherrn und – was mehr als Alles sagt – dadurch, daß der Gast ein Fürst war, millionenmal vergrößert wurde.«

*Das Barnims-Kreuz erinnert
an den Tod des Herzogs Barnim II. (rechts) im Jahr 1295.*

Barnim II. macht sich die Frau mit zwitschernden Worten, aber auch mit Drohungen zu Willen. Sie erhört schließlich seinen pommersch-undiplomatischen Minnesang, so dass eine Zeit lang frisch die Triebe auf Vogelsang sprießen. Die Sünde des Ehebruches hält beide heftig in Atem.

Irgendwann jedoch kehrt der gehörnte Vidante von Muckerwitz zurück und überrascht das Paar in flagranti: *»Erschreckt sprang Barnim auf und warf sich auf das von seinem Getreüen Hans v. Klempenow, dem einzigen seines Gefolges, den er bei sich behalten hatte, rasch herbeigeholte Roß und entfloh, Hans v. Klempenow aber wurde ergriffen und ohne Weiteres unter dem Thore der Burg aufgeknüpft; dann schwang sich Vidante auf sein Roß und jagte dem flüchtigen Herzoge nach«.*

Zwei Meilen von Vogelsang entfernt auf dem Weg nach Stettin holt er ihn ein und fordert ihn zum Zweikampf auf. Doch Barnim II. bibbert und bangt und versucht mit dem Jagdhorn, seine Genossen herbeizurufen, *»da drang Vidante mit seinem Schwerte auf ihn ein und rannte es ihm durch die Brust, so daß der Herzog todt zu Boden sank.«*

Anschließend lässt Vidante seine Ehefrau – im Hochzeitskleid – in einem Sarg in den Gewölben seiner Burg lebendig begraben. *»Noch in späteren Zeiten wurde der Fleck, wo der kupferne Sarg versenkt worden sein soll, gezeigt, und man wollte einen klingenden Ton hören, wenn mit dem Fuße stark darauf gestampft wurde.«*

Von der Sünde zur Sühne – die Überlieferung ist historisch inkorrekt, für eine Sage jedoch bestens geeignet, um Moralvorstellungen zu vermitteln. Im Jahr 1295 gab es keinen Vidante von Muckerwitz auf Vogelsang. Und bei dem Barnims-Kreuz sowie dem Findling an der alten Poststraße handelt es sich ursprünglich wohl um eine Grenzmarkierung. 🐟

Singende Barsche

Ein Streit um politische Ansichten

Im Jahr 1900 gelten Sozialdemokraten in Mecklenburg und Pommern noch als Umstürzler und Anarchisten, weil sie die Lebensverhältnisse von Arbeitern, Tagelöhnern und Dienstmädchen verbessern wollen. Vor allem der Landadel verteidigt hochnäsig und bockbeinig seine Privilegien. Doch es rumort in Herrenhäusern und Schweineställen. In Schnitterkasernen gärt Unzufriedenheit, sie brodelt und dampft auch in Fabriken, hält Einzug in Fischerstuben und wächst in bürgerlichen Kleingärten. Die Sozialdemokraten organisieren sich zunehmend besser, insbesondere in Rostock, Schwerin, Wismar und Güstrow. Sie bilden Orts- und Kreisvereine, rufen zum Streik auf, wollen die alte Gesindeordnung abschaffen, das allgemeine Wahlrecht durchsetzen, fordern ein Recht auf Bildung und die Einführung einer Verfassung. Fabrikanten und Rittergutsbesitzer reagieren immer dünnhäutiger auf die Ideen und Aktionen der »vaterlandslosen Gesellen«. Und nicht nur sie, auch hemdsärmelige Gemüter wie der Fischhändler Johann Pehl finden die Sozis, im Pommerschen Platt gesagt, *dummdriest un mall*.

Der kaisertreue Pehl lebt in Kröslin an der Peenemündung. Er verdient seinen Lebensunterhalt mit frischen, gesalzenen und geräucherten Fischen, die er im Lande umherfährt und mit branntweinrauer Stimme verkauft. Am 23. August 1899 ist er mit seinem Fuhrwerk und einem Sohn wieder unterwegs. Auf dem Rückweg kehren beide im Krug in Wusterhusen ein und treffen auf den Fischhändler Grewe aus Freest, der ebenfalls Heringe, Dorsche und Plötzen in Dörfern und Städten feilbietet und heute nach vollendetem

Tagwerk in der Gastwirtschaft auftankt. Die Männer füllen sich ihre Bäuche mit Gerstenbier und treten dann gemeinsam die Heimreise an. Grewe fährt mit seinem Fuhrwerk voran, Pehl setzt sich neben ihn auf die Sitzbank, dahinter folgt Pehls Einspänner, von seinem Sohn gelenkt.

Die Fischhändler flunkern über fidele Forellen und feiste Flundern, klönen über gackernde Mägde und hübsche Hühner, beschwatzen das Wetter und die Großartigkeit pommerschen Kartoffelschnapses. Irgendwann kommen sie auf Politik zu sprechen – und geraten in hitzige Erregung. Grewe schimpft auf die Gutsbesitzer: »Dat sünd Dickschnuten un Lögensäck, de ehr Lüd mit Rock un Büx verköpen. Se vertellen alle näslang appeldwatsche Döntjes, üm de Minschen tau veräppeln. Uns Kaiser maakt dat uk!«

Wird Wilhelm II. kritisiert, schwellen bei Pehl Halsschlagader und Hahnenkamm: »Wat du all wedder trechtklafusterst. Willem is de beste Kaiser, den wi hebben!«

»Manning, dien Mul geiht ja as 'ne Päpermöhl för de Hohenzollern«, dröhnt Grewe zurück.

Bi den Voddower Dannen geef dat 'ne hübsche Klopperie twischen den Hannelslüd Pehl und Grewe.

»Un diene sozialdemokrotische Tung bibbert as'n Aal-
schwanz, so büst du inne Raasch.« »Hier möt sik wat ännern
in Pommern«, sagt Grewe. »Bebel un de Sozioldemokroten
willen 'n bäderes Läben för uns lütte Lüd. Ik will dat uk.«
»Jau, de Sozis sünd so klauk, se könen Kattenschiet in'n
Düüstern rüken.«
»Wat rädst du för Kaiser-Schnickschnack! Wenn ik di hür,
ward dat zappendüüster twischen Gripswold und Wolgast.«
Ein Wort ergibt das andere. Als die Fischhändler die Voddower Tannen erreichen, springt Pehl wütend vom Wagen.
Er greift sich einen dicken Knüppel und gibt Grewe wenig
später von hinten mehrere wuchtige Hiebe gegen den Kopf,
dass der die Barsche singen hört.

Als der Meeres-Chor verklungen ist, wird der Knüppel-
schwinger angezeigt und muss sich für seinen Schlag-Anfall
vor Gericht verantworten, wie die *Stralsundische Zeitung* am
7. Januar 1900 berichtet: »*Grewe hatte [...] außer einigen
Hautabschürfungen im Gesicht eine derartige Verletzung am
Kopfe davongetragen, daß eine Stelle des Schädelknochens leicht
eingedrückt erschien. Pehl will von einem solchen Hergang
nichts wissen. Er will von Grewe, der ein Anhänger der Sozialdemokratie sei, mit einem Revolver bedroht worden sein, als er
dessen sozialdemokratischen Grundsätzen nicht beistimmte,
und will dann zu gleicher Zeit mit Grewe vom Wagen gefallen
sein, als es schließlich zwischen ihnen Beiden zum Ringen gekommen war.*« Doch Kinder haben alles beobachtet und
bezeugen den tatsächlichen Hergang.

Das Schöffengericht Wolgast verurteilt Pehl darum wegen
Körperverletzung und hinterlistigen Überfalls zu drei Monaten Gefängnis, die Strafkammer Greifswald bestätigt am
5. Januar 1900 das Urteil. Pehl wandert unwirsch in den
Knast – und büßt barsch-brummelig seine Strafe ab.

ZECHERIN BEI WOLGAST
Dumme Gans

Im Dorf wird 1887 ein Weideplatz zur Arena

Neid, Ingrimm und Missfallen wohnen ausgesprochen gern, herzlich tief und leidenschaftlich lange in vielen Familien. Die Väter, Mütter, Kinder, Oheime und Basen fühlen sich dann in inniger Abneigung gegenseitig verpflichtet, einander die größtmöglichen Beschwernisse beizubringen. Sie sind dabei sehr einfallsreich und nutzen stets Kleinigkeiten, um die im Untergrund schlummernden Konflikte in wundersamen Streitigkeiten auszutragen. Not macht eben erfinderisch. Dabei werden die eigentlichen Ursachen weder an- noch ausgesprochen – und darum nie gelöst. Ansonsten verlöre das familiäre Vergnügen ja seinen Sinn.

Vorliegend dient ein ahnungsloses pommersches Federvieh, das gemeinhin nicht für die Gefühle der Menschen verantwortlich ist, als Auslöserin, um die Emotionen einer Großfamilie aufwallen zu lassen. In Zecherin, zehn Kilometer nördlich von Wolgast, streiten sich im Jahr 1887 die alteingesessenen Lüders um den Weideplatz einer Gans. Deren Freilandhaltung birgt einige Risiken: Die Aufzucht dauert aufgrund des geringeren Futterangebotes länger als im Stall, der Vogel verspeist wohlschmeckende Pflanzen zuerst und lässt harte Gräser stehen, und weil so schnell ein Verbiss der Weide droht, muss der Wiesen-Gourmet regelmäßig auf neue umzäunte Flächen getrieben werden. Außerdem gefährden ihn natürliche Fressfeinde wie Füchse, Hunde – oder missgelaunte Menschen.

Am 16. Juni 1887 kommt der Musiker Friedrich Lüder wie ein Ganter auf die Weide gelaufen. Er spielt in seiner Sippe nicht die erste Geige, sondern pfeift im Konzert der familiären Launen aus einem hinteren Loch. Seine Verwandte, die

Arbeiterfrau Piehl, lässt ihre Gans wieder auf der Wiese zupfen, die eigentlich ihm, dem Friedrich, zur Aufzucht seiner schlappohrigen Karnickel dient. »Maak, dat du mit diene Gaus von dei Wied wechkümmst!« ruft er der Piehl zu. Doch die denkt gar nicht daran: »Dor kannst luern, Fiete, bet Ostern un Pfingsten up einen Dach föllt!« Sie dreht ihm ihr stattliches Hinterteil zu und schnattert weiter mit ihrem Vater, der am Zaun steht.

Friedrich läuft rot an und stampft mit dem Fuß, dass die Schnürsenkel fliegen. Dann kehrt er um und holt sich Verstärkung. So greifen wenig später der Viertelbauer Friedrich Lüder und der Fischer Wilhelm Lüder ins Geschehen ein: »Dummdrieste Gaus! Dumme Gans!« schimpfen sie. Ob sie die Piehl, ihr Weidetier oder beide meinen, bleibt ungeklärt. Die Frau am Zaun zetert zurück: »Dwatsche Kierls! Juuch sünd woll dei Brägens infroren!« »Wiew, du schnappst na Luft as 'ne Flunner upm Drögen!« Die Sätze fliegen hin und her. Die Gans guckt verdutzt von einem zum anderen, schüttelt den Schnabel und wendet sich wieder ihren Halmen zu, bis es schließlich zu Tätlichkeiten kommt, an denen

In Zecherin bi Wolgast keem dat tau'n Apenkrieg üm 'ne Gäusweid.

sich weitere hinzueilende Personen beteiligen. Fäuste fliegen und zuletzt Federn und Haare, als die Gans zusammen mit der Piehl und ihrem Vater von der Weide, der Arena, vertrieben werden.

Es kommt zur Anklage und Verhandlung vor dem Schöffengericht Wolgast. Doch sämtliche Grobiane, unter ihnen der Musiker Friedrich Lüder, der Viertelbauer Friedrich Lüder und der Fischer Wilhelm Lüder, werden freigesprochen. Hinsichtlich dieser drei Angeklagten legt die Staatsanwaltschaft Berufung ein, und die misshandelten Personen, die Ehefrau Piehl und deren Vater, schließen sich als Nebenkläger an.

Am 6. Juli 1888 stehen sich die Lüders vor dem Landgericht Greifswald erneut gegenüber, wie die *Stralsundische Zeitung* zwei Tage später berichtet: »*In dem heutigen Termine läßt sich durch die Beweisaufnahme kein klares Bild des Herganges bei der Schlägerei gewinnen; die Aussagen der Zeugen, die großentheils mit den Angeklagten und unter sich verwandt sind, enthalten vielfache Widersprüche; nur ein einziger einwandfreier Zeuge ist anwesend, welcher bei der Schlägerei zugegen war; derselbe ist jedoch in hohem Maße taub und kann sich nicht verständigen. Der Gerichtshof erkannte dann dahin, daß alle drei Angeklagte freizusprechen, den beiden Nebenklägern aber die Kosten des Verfahrens und die baaren Auslagen der Angeklagten zur Last zu legen.*«
Die Nebenklägerin Piehl regt sich darüber so auf, dass sie mehrfach, jedoch ohne Erfolg, versucht, in Ohnmacht zu fallen und endlich gewaltsam aus dem Gerichtssaal entfernt werden muss. Für sie und ihre Gans ist das bemerkenswerte Gezänk um die Gans letztlich ganz dumm gelaufen.

ZINGST
Die Erbschleicherin

Fräulein G. in Aktion

Die *Göttliche Komödie* des italienischen Dichters Dante Alighieri (1265–1321) ist eines der größten Werke der Weltliteratur. Sie schildert die Reise durch drei Reiche des Jenseits: durch die Hölle, das Fegefeuer und das himmlische Paradies. In der Hölle büßen die Maßlosen, Bösen und Verräter für ihre Sünden: Huren wälzen sich in ätzendem Kot, ein Teufel schlägt Streitstiftern unablässig Gliedmaßen ab und tiefe Wunden, weil sie im Leben Zwietracht säten, zum Beispiel Familien spalteten, und dafür nun zerspalten werden. Außerdem leiden Fälscher und falsche Zeugen unter ekelhaften Krankheiten und fallen übereinander her – zu ihnen gehört auch der Kobold Gianni Schicchi, der ein Testament fälschte. Diese Szene wird später zur Grundlage der amüsanten Oper »Gianni Schicchi« von Giacomo Puccini, in der eine scheinheilige, gierige Verwandtschaft enterbt und zuletzt aus dem Hause – von der Bühne – gejagt wird.

Theatralische Auftritte mit Wehklagen, Tränen und Schluchzern setzt zu Beginn des 20. Jahrhunderts womöglich auch eine Dame in Zingst ein, um an ihre Ziele zu gelangen. Manipuliert sie geschickt ihre Mitmenschen? Nutzt sie diese, ohne dass sie es merken, schamlos aus? Windet sie sich mit falschem Spiel raffiniert durchs Diesseits?

Eines Tages jedenfalls ist die Trickserei zu Ende: Am 1. Juni 1913 wird die unverehelichte M. Gottschalk unter dem Verdacht der Urkundenfälschung verhaftet und ins Barther Amtsgerichtsgefängnis gebracht. Am 17. Juli 1913 steht sie, berichtet die *Stralsundische Zeitung*, vor der Strafkammer in Stralsund: »*Wegen einer Testamentsfälschung hatte sich die aus der Untersuchungshaft vorgeführte Arbeiterin G. aus Pramort zu verantworten. Im Dezember 1911 lebte in Zingst ein Rentier, der schwer krank war. Er wurde von einem ihm nahe stehenden Seefahrer bedient, aber dieser konnte zuletzt nicht mehr mit dem Kranken allein fertig werden und es wurde am 14. Dezember die Angeklagte zur Hilfe geholt. Zwei Tage darauf, am 16. Dezember 1911, starb der Kranke.«*

Ob die Reise ins Jenseits durch Fräulein G. sachdienlich beschleunigt wurde, wird vor Gericht nicht verhandelt, wohl aber der – angeblich – letzte Wille des Verstorbenen. Denn im Juni 1912, als der Rentier sich bereits seit einem halben Jahr im himmlischen Paradies verlustierte, war sein Testament vom Erbschaftssteueramt in Stettin hin zum Amtsgericht Barth geflattert und bald darauf eröffnet worden.

Es folgte keine göttliche, sondern eine sehr irdische Komödie, denn überraschenderweise wurde Fräulein G. beim Erbe bedacht und säte dadurch eifrig Zwietracht: *»Von der anwesenden Schwester des Verstorbenen wurde die Echtheit des*

*Ob Fräulein G. in der Zingster Kirche
um Vergebung für ihre Sünden bat, ist nicht überliefert.*

Testaments bestritten«, so die *Stralsundische Zeitung* am 19. Juli 1913, *»die bei der Testamentsöffnung anwesende G. erklärte aber, der Verstorbene habe in einer Nacht, im Bette sitzend, das Testament geschrieben und auch unterschrieben, sie habe ihm nur das Handgelenk gehalten.«* Die Hilfsbereite. Dem Gericht ist wahrscheinlich bekannt, dass Erbschleicher sehr zielstrebig agieren: Zunächst stellen sie emotionale Nähe zu ihren Opfern her, erfinden zum Beispiel Geschichten, um Mitleid zu erwecken. Dann unterbinden sie den Kontakt des Erblassers zu seinen Angehörigen, denn diese sind oft misstrauisch und gefährden den Erfolg. Oft erleichtern die Schwindler ihre Opfer schon zu deren Lebzeiten, indem sie sich Geld oder Schmuck schenken lassen. Gern entwenden sie auch bereits bestehende Testamente und verfassen sie neu. Oder – wenn noch keine letztwillige Verfügung existiert – schreiben sie eigenmächtig ein Testament, das ihnen nützt.

Hat das maßlose Fräulein G. dies auch getan? *»Es fanden Erhebungen statt«*, so die *Stralsundische Zeitung*, *»die G. verwickelte sich in Widersprüche, und es kommt außerdem noch hinzu, daß sonstige Angehörige und Bekannte des Verstorbenen von einem Testament desselben nie etwas gehört haben, auch hat er nie gesagt, er wolle der G. etwas zukommen lassen.«* Die Anklage behauptet daher, dass die Dame das Testament verfasst habe. Diese beteuert in der Verhandlung ihre Unschuld, wird aber neben den belastenden Momenten noch von einem Schreibsachverständigen als die Anfertigerin des Testaments bezeichnet. Die Richter verurteilen sie deshalb wegen Urkundenfälschung zu einem Jahr Gefängnis.

So findet die irdische Zingster Komödie – ganz untheatralisch – ihr juristisches Ende. Ob Fräulein G. danach weiter gesündigt hat und heute in der Hölle schmort, ist nicht überliefert, aber vorstellbar. 🐟

Quellen

Archive

- Landeshauptarchiv Schwerin. Bestand 2.12-2/7 Kriminal- und Fiskalatsprozesse, darin die Akten zum Prozess gegen Wilhelm Ulenoge (nicht erschlossen, für die Benutzung gesperrt). Zugänglich: Bestand 1.9-1 Fälschungen des Notars Wilhelm Ulenoge 1567-1569 (78 gefälschte Urkunden)
- Landeshauptarchiv Schwerin: Bestand 2.26-1 Großherzogliches Kabinett (1763-1918/20), Akten 3517, 3731. Außerdem: Bestand 2.26-2 Hofmarschallamt (1753-1920), Akten 2298, 3929
- Landeshauptarchiv Schwerin: Strafsache gegen den Kaufmann Otto Brauer in Blankensee wegen Mordes an dem Kuhknecht Karl Rohde und gegen den Landwirt Helmut Krüger in Blankensee wegen Mitwisserschaft. Bestand 5.12-6/8 Landgericht Neustrelitz/Staatsanwaltschaft beim Landgericht Neustrelitz. Akten 249 bis 253
- Universitätsarchiv Rostock: Personalakte Fritz Weinberg

Literatur

- Abel, Julius: Plan der Stadt Greifswald (19. Jahrhundert)
- Adreß-Buch der Stadt Demmin 1902 (1902)
- Adreßbuch für Stettin und Umgebung 1912 bis 1914 (1911-1913)
- Alighieri, Dante: Die Göttliche Komödie. Reclams Universal-Bibliothek Band 796 (1987)
- AlliiertenMuseum (Hrsg.): Mission erfüllt. Die militärischen Verbindungsmissionen der Westmächte in Potsdam von 1946 bis 1990 (2004)
- Behling, Klaus: Spione in Uniform. Die alliierten Militärmissionen in Deutschland (2004)
- Behling, Klaus/Eik, Jan: Mata Haris in Ostberlin: Fälle aus MfS, Polizei und NVA (2013)
- Behling, Klaus: Die Kriminalgeschichte der DDR (2017)
- Berghaus, Heinrich: Landbuch des Herzogthums Pommern und des Fürstenthums Rügen. II. Theils Band I. (1865)
- Blutiger Ausgang eines seltsamen Durcheinanders guter und böser Affecte. Aus den Entscheidungsgründen des wider den Pantoffelmacher Mstr. Schleif zu Plau, wegen beabsichtigter Verwundung seiner Ehefrau und unbeabsichtigter Tödtung des Fuhrmanns Hamdorff in erster Instanz gefällten Erkenntnisses. Mitgetheilt vom Canzler von Both zu Rostock. In: Annalen der deutschen und ausländischen Criminal-Rechtspflege. Dreiundzwanzigster Band (1843)
- Boeck, Gisela/Lammel, Hans-Uwe (Hrsg.): Die Universität Rostock in den Jahren 1933-1945 (2011)
- Boll, Ernst: Geschichte Meklenburgs mit besonderer Berücksichtigung der Culturgeschichte. Erster Theil (1855)

- Boll, Ernst: Abriß der meklenburgischen Landeskunde (1861)
- Borchardt, Erika und Jürgen: Mecklenburgs Herzöge (1991)
- Borchert, Jürgen: Mecklenburgs Großherzöge 1815-1918 (1992)
- Bund für Natur und Heimat Müritz-Elde e. V. Röbel/Müritz (Hrsg.): Stadtluft macht frei. Die Stadt Röbel im Mittelalter (2013)
- Busdorf, Otto: Wilddieberei und Förstermorde. Band 1-3 (1993)
- Deinert, Juliane: Die Studierenden der Universität Rostock im Dritten Reich (2010)
- Drei verschiedene Erkenntnisse in einer Sache. Nach der Mittheilung des Hofrath Dr. Crull zu Rostock. In: Annalen der deutschen und ausländischen Criminal-Rechtspflege. Achtzehnter Band (1842)
- Eitner, Robert: Eckert, Karl. In: Allgemeine Deutsche Biographie 48 (1904)
- Fath, Rolf: Reclams Opernführer (1999)
- Fock, Otto: Rügensch-Pommersche Geschichten aus sieben Jahrhunderten. Band 4 (1866)
- Geschichtswerkstatt Toitenwinkel (Hrsg.): Toitenwinkel. Historische Splitter aus acht Jahrhunderten (2000)
- Glöckler, Albrecht Friedrich Wilhelm: Manus Mortua, die Todte Hand, der blinkende Schein. In: Jahrbücher des Vereins für meklenburgische Geschichte und Alterthumskunde. Neunter Jahrgang (1844)
- Glöckler, Albrecht Friedrich Wilhelm: Das Compositionen-System und das Strafrechtsverfahren in Meklenburg im 16. und im Anfange des 17. Jahrhunderts. In: Jahrbücher des Vereins für meklenburgische Geschichte und Alterthumskunde. Fünfzehnter Jahrgang (1850)
- Hamann, Manfred: Zwei historische Lieder des 16. Jahrhunderts. Die Hinrichtung des Vollrath von der Lühe 1549. In: Neue Mecklenburgische Monatshefte. Heft 1 (1957)
- Harbort, Stephan: Mörderisches Profil. Phänomen Serientäter (2004)
- Harbort, Stephan: Modus operandi bei Serienmördern. In: Magazin für die Polizei. Heft 365/366 (2006)
- Hauser, Bernhard: Sozialgeschichte der Kunst und Literatur (1990)
- Hempel, Gustav: Geographisch-statistisch-historisches Handbuch des Meklenburger Landes. Zweiter Theil (1843)
- Herzig, Jobst D./Trost, Catharina: Die Universität Rostock 1945-1946. Entnazifizierung und Wiedereröffnung (2008)
- Heymann-Wentzel, Cordula: Das Stern'sche Konservatorium der Musik in Berlin (2014)
- Hoppe, Klaus-Dieter/Nenz, Cornelia/Weiß, Detlef: Franzosenzeit in Mecklenburg (2007)
- Jackewitz, Ralf: Vom gewählten Magister Civium über den Bürgermeister, von Ratsherren Gnaden zum eingesetzten Stadtoberhaupt: Röbels Bürgermeister vom Mittelalter bis 1945 (2010)
- Jackewitz, Ralf Jackewitz/Theuergarten, Agnes: Zu den Streitigkeiten Altstadt contra Neustadt Röbel (ohne Jahr)

- Jesse, Wilhelm: Geschichte der Stadt Schwerin. 2 Bände (1913-20)
- Jugendkunst e. V.: Stralsunder Spielkarten 1765-2015. Broschüre und Ausstellung zum 250. Jubiläum (2015)
- Kaiser, Reinhard: Kunsträuber und Museumsdirektor. Vivant Denon und der Louvre Napoleons. Funkessay für den Süddeutschen Rundfunk (08.11.1993)
- Karge, Wolf/Münch, Ernst/Schmied, Hartmut: Die Geschichte Mecklenburgs (2000)
- Kasten, Bernd/Rost, Jens-Uwe: Schwerin. Geschichte der Stadt (2005)
- Kleßmann, Eckhart: Napoleon. Ein Charakterbild (2000)
- Kohtes, Franz: Die Fegetäsch und das Wegegeld. In: Dä Bott. Lanker Heimatblätter. Jahrgang 41 (2014)
- Konzert-Direktion F. Ries: IV. Philharmonisches Konzert (in Dresden). Programm (1908)
- Koslowski, Günter: L'Emballeur – der Einpacker. Ein sanktionierter Kunstraub (2002)
- Krause, Karl Ernst Hermann: Rostocker historisches Lied vom Jahre 1549. In: Hansische Geschichtsblätter. Jahrgang 1885 (1886)
- Krause, Ludwig: Zur Geschichte des Gaunerwesens und Verbrecheraberglaubens in Norddeutschland im 16. Jahrhundert. In: Beiträge zur Geschichte der Stadt Rostock, Band 6 (1912)
- Kutsch, Karl-Josef/Riemens, Leo: Großes Sängerlexikon. Band 2 (2003)
- Lisch, Georg Christian Friedrich: Ueber die Vormundschaft und den Regierungs-Antritt des Fürsten Albrecht II. (I.) des Großen von Meklenburg. In: Jahrbücher des Vereins für meklenburgische Geschichte und Alterthumskunde. Siebenter Jahrgang (1842)
- Kreutz, Wilhelm: Jüdische Dozenten und Studenten der Universität Rostock. In: Universität und Stadt. Wissenschaftliche Tagung anlässlich des 575. Jubiläums der Eröffnung der Universität Rostock (1995)
- Marxen, Klaus/Werle, Gerhard (Hrsg.): Strafjustiz und DDR-Unrecht. Band 2 / 1. Teilband. Gewalttaten an der deutsch-deutschen Grenze (2002)
- Mecklenburgisches Volkskundemuseum Schwerin-Mueß: Vom Fischer un sin Fang rund um den Schweriner See. Dauerausstellung (2021)
- Meyers Konversations-Lexikon (1902-1920)
- Moeller, Katrin: Dass Willkür über Recht ginge. Hexenverfolgung in Mecklenburg im 16. und 17. Jahrhundert (2007)
- Münch, Ernst: Vollrat von der Lühe 1549. Straßenräuber und Mörder oder Opfer der Rostocker Justiz? Zwei historische Lieder und ihr geschichtlicher Hintergrund. In: Hansische Geschichtsblätter. 117. Jahrgang (1999)
- Münch, Ernst: Inhaltliche Komponenten der Ulenogeschen Fälschungen zugunsten der Moltkes auf Toitenwinkel. In: Mecklenburgische Jahrbücher. Band 116 (2001)

- Münch, Ernst: Ulenoge, Wilhelm. In: Biographisches Lexikon für Mecklenburg, Band 4 (2004)
- Neuestes Adreßbuch der Kreisstadt Demmin für 1890/91 (1890)
- Niebergall, Uwe: Greifswalder Stadtgeschichte(n). Heft 04 (2019)
- Niebergall, Uwe/Nülken, Bärbel: Alltagsleben in Greifswald (2002)
- Paas, Sigrun/Mertens, Sabine (Hrsg.): Beutekunst unter Napoleon. Die »französische Schenkung« an Mainz 1803. Katalog-Handbuch zur Ausstellung im Landesmuseum Mainz (25.10.2003-14.3.2004) (2003)
- Peter, Uwe Siegfried: Zahn-, Mund- und Kieferheilkunde in fünf politischen Systemen. 100 Jahre Kieferchirurgie in Rostock (2007)
- Pyl, Theodor: Wulflam, Wulfhard. In: Allgemeine Deutsche Biographie 44 (1898)
- Riedl, Gerda: Der Hexerei verdächtig. Das Inquisitions- und Revisionsverfahren der Penzliner Bürgerin Benigna Schultzen (1998)
- Rostocker Adress-Buch 1922 einschließlich Warnemünde und Gehlsdorf (1922)
- Schlie, Friedrich: Die Kunst- und Geschichts-Denkmäler des Grossherzogthums Mecklenburg-Schwerin, 5 Bände (1896-1902)
- Schmidt, Friedo: Die menschliche Geruchsspur und die Fähigkeiten des Polizeihundes (1910)
- Schröder, Karsten (Hrsg.): In deinen Mauern herrsche Eintracht und allgemeines Wohlergehen. Eine Geschichte der Stadt Rostock von ihren Ursprüngen bis zum Jahr 1990 (2003)
- Schröder, M. Dieterich: Kurtze Beschreibung der Stadt und Herrschaft Wismar (1743)
- Schütze, Wilhelm: Der Lebensgang eines Fälschers von Legitimationspapieren und behördlichen Stempeln. In: Archiv für Kriminal-Anthropologie und Kriminalistik. Achter Band (1902)
- Schwabe, Klaus: Wurzeln, Traditionen und Identität der Sozialdemokratie in Mecklenburg und Pommern (2004)
- Seelig, Gero: Paris und retour. Die Schweriner Gemäldesammlung 1807-1815. In: Unter Napoleons Adler. Mecklenburg in der Franzosenzeit. Hrsg. v. Matthias Manke und Ernst Münch (2009)
- Seelig, Gero: Zur Baugeschichte der Bildergalerie am alten Schloss in Schwerin. In: Mecklenburgische Jahrbücher, Band 122 (2007)
- Staatliches Museum Schwerin: Schloss Schwerin. Inszenierte Geschichte in Mecklenburg. Hrsg. v. Kornelia von Berswordt-Wallrabe (2008)
- Stadt Röbel (Hrsg.): Zeittafel von der ersten Erwähnung bis heute (2011)
- Steinmann, Ernst: Der Kunstraub Napoleons. Hrsg. v. Yvonne Dohna. Mit einem Beitrag von Christoph Roolf »Die Forschungen des Kunsthistorikers Ernst Steinmann zum Napoleonischen Kunstraub zwischen Kulturgeschichtsschreibung, Auslandspropaganda und Kulturgutraub im Ersten Weltkrieg« (2007)
- Streckel, Sönke: Lizenzierte Spionage. Die alliierten Militärverbindungsmissionen und das MfS (2008)

- Techen, Friedrich: Wismar und die Vemgerichte. In: Jahrbücher des Vereins für meklenburgische Geschichte und Alterthumskunde. Einundsechzigster Jahrgang (1896)
- Teske, Martin: Die Großen im Lande. Band 1. Eine interessante Spurensuche in Marsch und Heide (2001)
- Universität Rostock: Verzeichnis der Behörden, Lehrer, Beamten, Institute und Studirenden auf der Landes-Universität ROSTOCK. Sommer-Semester 1899 (1899)
- Universität Rostock: Verzeichnis der Behörden, Lehrer, Beamten, Institute und Studierenden der Universität ROSTOCK. Winterhalbjahr 1918/19 (1918)
- Universität Rostock: Vorlesungs-Verzeichnis der Universität Rostock. Sommerhalbjahr 1919 (1919)
- Universität Rostock: Personal-Verzeichnis der Universität Rostock. Winterhalbjahr 1920/21 (1920)
- UNIVERSITÄT ROSTOCK: PERSONEN- UND VORLESUNGS-VERZEICHNIS. SOMMERSEMESTER 1949 (1949)
- Vereinigung der Verfolgten des Naziregimes – Bund der Antifaschistinnen und Antifaschisten Landesvereinigung Mecklenburg-Vorpommern, Basisorganisation Rostock (Hrsg.): Den Opfern des Faschismus. Gedenkstätten für Opfer und Verfolgte des Naziregimes auf dem Neuen Friedhof in Rostock (2011)
- von Bülow, Jacob Friedrich Joachim: Mit Kupfern und vielen Urkunden versehene, Historische, Genealogische und Critische Beschreibung des Edlen, Freyherr- und Gräflichen Geschlechts von Bülow (1780)
- von Bülow: Wartislav I., erster christlicher Herzog von Pommern. In: Allgemeine Deutsche Biographie 41 (1896)
- von Lützow, Karl Christian Friedrich: Versuch einer pragmatischen Geschichte von Mecklenburg. Dritter Theil (1835)
- Wätzold, Paul: Stammliste der Kaiser Wilhelms-Akademie für das militärärztliche Bildungswesen (1910)
- Wendler, Otto: Geschichte Rügens von der ältesten Zeit bis auf die Gegenwart (1895)
- Wichert, Sven: Sachsen gegen Wenden. Das Zisterzienserkloster Doberan in einer Krise. In: Dieter Pötschke (Hrsg.): Geschichte und Recht der Zisterzienser (2001)
- Witte, Hans: Wilhelm Ulenoge und seine Fälschungen. In: Jahrbücher des Vereins für meklenburgische Geschichte und Alterthumskunde. Sechsundsechzigster Jahrgang (1901)
- Wohnungs-Anzeiger der Einwohner der Stadt Greifswald für das Jahr 1887 (1887)
- Wohnungs-Anzeiger für Stralsund und die Vorstädte 1887 und 1888 (1886-1887)
- Wohnungs-Anzeiger (Adreß-Buch) für den Stadtkreis Stralsund 1911 bis 1914 (1910-1913)

Plattdeutsch

- Hermann-Winter, Renate: Kleines plattdeutsches Wörterbuch für den mecklenburgisch-vorpommerschen Sprachraum (1987)
- Hermann-Winter, Renate: Neues hochdeutsch-plattdeutsches Wörterbuch für den mecklenburgisch-vorpommerschen Sprachraum (2017)
- Hermann-Winter, Renate: Sprachbilder im Plattdeutschen. Redewendungen und Sprichwörter (2002)

Webseiten

- Bartusel, Rolf: MV-Data – Das Lexikon. Funktionseliten in Mecklenburg-Vorpommern von 1945 bis 1952. Auf: www.rolf-bartusel.de (2021)
- Bosen, Ralf: Dreißigjähriger Krieg. Ein Grauen, das Deutschland prägte. Auf: www.dw.com (2018)
- Familienforschung Masch: Familie Janecke und Boeis aus Rethwisch. Auf: www.wilsen.de (2021)
- Catalogus Professorum Rostochiensium (CPR). Hrsg. im Auftrag des Rektors der Universität Rostock von Kersten Krüger. Auf: cpr.uni-rostock.de (2021)
- Frank & Partner Rechtsanwälte/Klinger, Veit: Testamentsfälschung. Nachweis der Fälschung des Testaments durch Gutachten. Auf: www.wf-frank.com (2021)
- Institut für Geschichte der Medizin und Ethik in der Medizin, Charité – Universitätsmedizin Berlin: Dokumentation »Ärztinnen im Kaiserreich«. Auf: geschichte.charite.de (2021)
- Kolb, Christian: Der Dreißigjährige Krieg. Auf: www.dreissigjährigerkrieg.de (2021)
- Kruse, Wolfgang: Sozialdemokratie zwischen Ausnahmegesetzen und Sozialreformen. Auf: www.bpb.de (2021)
- Moeller, Katrin: Hexerei- und Magiedelikte in den Gerichtsakten der Stadt- und Amtsgerichte Mecklenburgs (16./17. Jahrhundert). Band 5. Auf: opendata.uni-halle.de (2020)
- ortsfamilienbuecher.de (2021)
- Pfeffer, Steffi: Festschrift 825 Jahre Hohenfelde. Auf: www.ortschroniken-mv.de (2002)
- Röpcke, Andreas: Sternberg 1492 und die Folgen. Auf: www.kulturwerte-mv.de (2021)
- Rohwer, Carsten: Die Geschichte des Gutes Schlieffenberg und seiner Besitzer. Auf: gutshaeuser.de (2021)
- ROSE & Partner. Rechtsanwälte Steuerberater: Original oder Fälschung? – Das gefälschte Testament. | Erbschleicher & Erbschleicherei. Auf: www.rosepartner.de (2021)
- Universität Rostock: Matrikelportal Rostock – Datenbankedition der Immatrikulationen an der Universität Rostock seit 1419. Hrsg. im Auftrag des Rektors der Universität Rostock von Kersten Krüger. Auf: matrikel.uni-rostock.de (2021)

- WikiMeat.at: Artgemäße Haltungsumwelt für Gänse. Auf: www.wiki-meat.at/umwelt-ethik/haltung-fuetterung/gefluegelhaltung/artikel-infos/haltungssysteme-fuer-gaense (2021)
- Wikipedia: Albrecht II. (Mecklenburg): de.wikipedia.org/wiki/Albrecht_II._(Mecklenburg) (2021)
- Wikipedia: Arthur Nicholson: de.wikipedia.org/wiki/Arthur_Nicholson (2021)
- Wikipedia: ASS Altenburger: de.wikipedia.org/wiki/ASS_Altenburger (2021)
- Wikipedia: Barnim I.: de.wikipedia.org/wiki/Barnim_I. (2021)
- Wikipedia: Barnim II.: de.wikipedia.org/wiki/Barnim_II. (2021)
- Wikipedia: Benigna Schultzen: de.wikipedia.org/wiki/Benigna_Schultzen (2021)
- Wikipedia: Chausseehaus: de.wikipedia.org/wiki/Chausseehaus (2021)
- Wikipedia: Dante Alighieri: de.wikipedia.org/wiki/Dante_Alighieri (2021)
- Wikipedia: Dominique-Vivant Denon: de.wikipedia.org/wiki/Dominique-Vivant_Denon (2021)
- Wikipedia: Don Quijote: de.wikipedia.org/wiki/Don_Quijote (2021)
- Wikipedia: Friedrich Franz I. (Mecklenburg): de.wikipedia.org/wiki/Friedrich_Franz_I._(Mecklenburg) (2021)
- Wikipedia: Gänse: de.wikipedia.org/wiki/Gänse (2021)
- Wikipedia: Gianni Schicchi: de.wikipedia.org/wiki/Gianni_Schicchi (2021)
- Wikipedia: Göttliche Komödie: de.wikipedia.org/wiki/Göttliche_Komödie (2021)
- Wikipedia: Hausgans: de.wikipedia.org/wiki/Hausgans (2021)
- Wikipedia: Heinrich I. (Schwerin): de.wikipedia.org/wiki/Heinrich_I._(Schwerin) (2021)
- Wikipedia: Hintersee (Vorpommern): de.wikipedia.org/wiki/Hintersee_(Vorpommern) (2021)
- Wikipedia: Kabinettsorder: de.wikipedia.org/wiki/Kabinettsorder (2021)
- Wikipedia: Lachse: de.wikipedia.org/wiki/Lachse (2021)
- Wikipedia: Louvre: de.wikipedia.org/wiki/Louvre (2021)
- Wikipedia: Meerforelle: de.wikipedia.org/wiki/Meerforelle (2021)
- Wikipedia: Miguel de Cervantes: de.wikipedia.org/wiki/Miguel_de_Cervantes (2021)
- Wikipedia: Militärverbindungsmission: de.wikipedia.org/wiki/Militärverbindungsmission (2021)
- Wikipedia: Muckerwitz: de.wikipedia.org/wiki/Muckerwitz (2021)
- Wikipedia: Nahrungsmittelgesetz: de.wikipedia.org/wiki/Nahrungsmittelgesetz (2021)
- Wikipedia: Ottilie Fellwock: de.wikipedia.org/wiki/Ottilie_Fellwock (2021)

- Wikipedia: Otto Söffing: de.wikipedia.org/wiki/Otto_Söffing (2021)
- Wikipedia: Palais du Louvre: de.wikipedia.org/wiki/Palais_du_Louvre (2021)
- Wikipedia: Palais des Tuileries: de.wikipedia.org/wiki/Palais_des_Tuileries (2021)
- Wikipedia: Paul Schröder (Politiker, 1887): de.wikipedia.org/wiki/Paul_Schröder_(Politiker,_1887) (2021)
- Wikipedia: Reichsverband gegen die Sozialdemokratie: de.wikipedia.org/wiki/Reichsverband_gegen_die_Sozialdemokratie (2021)
- Wikipedia: Röbel/Müritz: de.wikipedia.org/wiki/Röbel/Müritz (2021)
- Wikipedia: Sozialistengesetz: de.wikipedia.org/wiki/Sozialistengesetz (2021)
- Wikipedia: Sternberger Hostienschänderprozess: de.wikipedia.org/wiki/Sternberger_Hostienschänderprozess (2021)
- Wikipedia: Waldemar II. (Dänemark): de.wikipedia.org/wiki/Waldemar_II._(Dänemark) (2021)
- Wikipedia: Wartislaw I.: de.wikipedia.org/wiki/Wartislaw_I. (2021)
- Wikipedia: Wartislawstein: de.wikipedia.org/wiki/Wartislawstein (2021)
- Wikipedia: Wulfhard Wulflam: de.wikipedia.org/wiki/Wulfhard_Wulflam (2021)
- www.bennin.de (2021)
- www.fu-berlin.de/sites/fsed/Das-DDR-Grenzregime/01_Biografien-von-Todesopfern (2021)
- www.grabow-erinnerungen.de (2021)
- www.kreuzstein.eu (2021)
- www.ortschroniken-mv.de (2021)
- www.ruegenwalde.com (2021)
- www.spiefa.de (2021)
- www.suehnekreuz.de (2021)
- www.wormserjuden.de (2021)

Zeitungen

- Amts-Blatt der Königlichen Regierung in Potsdam und der Stadt Berlin. Jahrgang 1840 (1840)
- Berliner Tageblatt und Handels-Zeitung (11.12.1905, 22.03.1910, 05.12.1914, 18.12.1926)
- Berliner Volks-Zeitung (30.12.1909, 22.03.1910)
- Demminer Tageblatt (Jahrgänge 1888, 1900, 1910, 1913, 1914)
- Der Kanonier. Informationsblatt der Gemeinschaft der 13er e. V. Nr. 28. Ausgabe 3/2005
- DER SPIEGEL (01.04.1985, 20.03.2005)
- der stacheldraht. Nr. 8/2013 (2013)
- Der Tagesspiegel (18.08.2007)

- Die Presse (01.09.1912)
- Die Welt (04.03.2021)
- DIE ZEIT (07.06.2007)
- Greifswalder Tageblatt (02.06.1888, 07.01.1900)
- Greifswalder Zeitung (Jahrgänge 1900, 1909, 1910, 1911, 1912, 1913, 1914, 1915)
- Groszherzoglich Mecklenburg-Schwerinscher Staatskalender 1913 (1913)
- Indiana Tribüne (13.11.1886, 11.05.1895, 18.05.1895)
- Kreis-Anzeiger für den Kreis Greifswald (Jahrgang 1888)
- Landes-Zeitung (31.03.1949)
- Lübecker Nachrichten (11.07.2014)
- Lübecker Volksbote (17.04.1895, 18.04.1895)
- Malchower Tageblatt (Jahrgänge 1909, 1910, 1913, 1914)
- Mecklenburger Nachrichten (29.10.1919, 18.12.1926, 19.12.1926)
- Mecklenburger Rundschau (15.01.1929)
- Mecklenburger Umschau (09.03.1922)
- Mecklenburgische Tageszeitung (Jahrgang 1922)
- Mecklenburgische Volks-Zeitung (Jahrgang 1922)
- Mecklenburgische Zeitung (25.11.1911, 17.12.1926, 18.12.1926)
- Mecklenburg-Schwerinsche Anzeigen (25.02.1807, 04.03.1807, 08.07.1807)
- Mecklenburg-Strelitzsche Landeszeitung (07.12.1892, 13.12.1892)
- Müritz-Anzeiger (22.04.2003, 04.11.2003)
- Musikalisches Wochenblatt (06.02.1908)
- Norddeutsche Allgemeine Zeitung (14.04.1895)
- Norddeutsche Zeitung (02.04.1949)
- Nordkurier (26.07.2013, 19.07.2013, 09.11.2013)
- OSTSEE-ZEITUNG (10.09.2003, 19.08.2017)
- Ostsee-Zeitung und Neue Stettiner Zeitung (Jahrgang 1910)
- Schweriner Volkszeitung (12.07.2007, 24.03.2010, 30.07.2012, 16.08.2013, 01.09.2013, 04.11.2013, 23.03.2015)
- Stralsundische Zeitung (Jahrgänge 1887, 1888, 1889, 1900, 1909, 1910, 1912, 1913)
- Süddeutsche Zeitung (08.02.2002)
- Tageblatt für Vorpommern (Jahrgänge 1912, 1914, 1915)
- Teltower Kreis-Blatt (17.04.1895)
- Thorner Presse (19.04.1895)
- Unterhaltungsblatt und Anzeiger für den Kreis Schleiden und Umgegend (12.12.1905, 16.12.1905)
- Volksstimme (21.12.1926)
- Wöchentliche Anzeigen für das Fürstenthum Ratzeburg (Jahrgänge 1886, 1888, 1889)

Die Zeitungen sind weitgehend digital einsehbar in der Digitalen Bibliothek MV, der Landesbibliothek MV (Mikrofilm), der Staatsbibliothek zu Berlin sowie frei im Internet.

Bildnachweis:

Seite 8, 14, 16, 19, 22, 25, 28, 31, 34, 37, 40, 46, 49, 52, 55, 65, 68, 71, 74, 80, 83, 86, 89, 93, 99, 111, 114, 120, 123, 127, 130, 142, 148, 169, 172, 184, 199, 211: Bert Lingnau/Archiv Lingnau, Schwerin

Seite 43: bpk | Staatliche Schlösser, Gärten und Kunstsammlungen Mecklenburg-Vorpommern, Elke Walford

Seite 59, 154, 190: Wikipedia

Seite 62, 163, 187 (rechts): Pixabay

Seite 77: Zeichnung von Madlen Lingnau, Schwerin

Seite 96, 117, 133, 139, 145, 151, 157, 160, 175, 181, 193, 196: Dieter Dreilich, Stralsund

Seite 136, 178: Margrit Dreilich, Stralsund

Seite 102, 108: Zeno.org

Seite 105: Christoph Arlt, Duingen

Seite 120: Staatsbibliothek zu Berlin – Preußischer Kulturbesitz

Seite 166: KHM-Museumsverband, Theatermuseum, Wien

Seite 187 (links): Openclipart

Der Autor

Bert Lingnau, 1972 in Barth/Vorpommern geboren, wuchs in Zingst auf der Halbinsel Fischland-Darß-Zingst auf und studierte von 1993 bis 1998 in Greifswald. Nach erfolgreichem Magister-Abschluss absolvierte der Historiker und Germanist ein Volontariat beim Norddeutschen Rundfunk und arbeitete danach bis 2008 für den NDR.

Er veröffentlichte bereits drei Bücher mit historischen Kriminalfällen aus Mecklenburg und Vorpommern: »Da muss man Leute totmachen« (2010), »Die Tochter des Henkers« (2011) und »Rübe ab! Der kriminelle Reiseführer durch Mecklenburg und Vorpommern« (2016).

Bert Lingnau ist ausgebildeter Rundfunk-Journalist, Schriftsteller und seit 2009 für die MEDIENANSTALT Mecklenburg-Vorpommern tätig. Seit März 2016 leitet er die MEDIENANSTALT als Direktor.

Danksagung

Mein Dank gilt meinen Eltern Christel Lingnau und Klaus Lingnau (†), meiner Frau Madlen und meiner Tochter Marlene, meinen Schwiegereltern Margrit und Dieter Dreilich sowie meinen verstorbenen Großeltern Hans und Else Lingnau. Sie alle haben – auf je eigene Art und Weise – zum Entstehen des Bandes beigetragen. Darum widme ich ihnen dieses Buch.